U0053004

大學國文選

黃志民　張春榮　黃俊郎　廖振富　編著

三民書局

國家圖書館出版品預行編目資料

大學國文選／黃志民,黃俊郎,張春榮,廖振富編著.－
－二版十刷.－－臺北市：三民，2021
面；　公分

4712780646182
1.國文－讀本

836

大學國文選

編 著 者	黃志民　黃俊郎　張春榮　廖振富
發 行 人	劉振強
出 版 者	三民書局股份有限公司
地　　址	臺北市復興北路 386 號 (復北門市) 臺北市重慶南路一段 61 號 (重南門市)
電　　話	(02)25006600
網　　址	三民網路書店 https://www.sanmin.com.tw
出版日期	初版一刷 2004 年 8 月 二版一刷 2011 年 3 月 二版十刷 2021 年 9 月
書籍編號	S832330 4712780646182

著作權所有，侵害必究
※ 本書如有缺頁、破損或裝訂錯誤，請寄回敝局更換。

三民書局

編輯大意

一、本書以提高學生學習興趣、閱讀意願及語文表達能力為目標。

二、本書全一冊，含課文、應用文教材二大部分。

三、在課文選材方面，以短小精簡、有故事性、富趣味性的文章為主，盡量減低課程的難度。全書三十六課，古典二十四，現代十二，比例是二比一。

四、在課次編排方面，全書三十六課，配合一學年四次考試，分為四大區段。每一區段九課，古典六，現代三。古典作品依時代先後，現代作品則依文類而編排，有新詩、散文、小說三類。每一區段，都可以形成一個獨立的單位，四個區段又組合成一個完整的體系。

五、在撰寫方面，把從前的「題解」、「作者」合併為「導讀」，以範文學習為重心，避免煩瑣的敘述，造成喧賓奪主。

六、本書應用文教材以日常生活中普遍應用的私文書為限，參酌傳統格式、社會現況編寫，力求淺近明晰，並多舉實例以加強學習效果。

七、本書如有疏漏之處，尚請任課教師、學界先進惠予指正。

大學國文選

目次

一　女媧神話

導讀

女媧（ㄨㄚ）是古代神話中，人頭蛇身、化育萬物的女神。本課選錄有關女媧的神話二則，標題是編者所訂的。

鍊石補天選自淮南子。記遠古時代，天柱斷折，九州土地崩裂，人民飽受水火之災、禽獸之害的情況下，女媧鍊五色石補蒼天的破洞，拯救了善良人民，讓他們得以生存。

摶土作人選自太平御覽引風俗通義。記女媧摶黃土造人，因做法有所不同，所以人有富貴貧賤之分。

神話是遠古人類面對洪荒宇宙，最初的探索和思考。先民以自己的經驗、有限的知識為基礎，創造了許多奇情異彩的神話故事，以解釋對自然現象、人類生活的種種疑惑，反映他們改造並征服自然以追求美好生活的願望。這些故事，經長期的口耳相傳，直到有了文字，才有人加以記錄而流傳。

鍊石補天

往古之時，四極廢①，九州裂②，天不兼覆③，地不周載④。火爁焱⑤而不滅，水浩洋而不息。猛獸食顓民⑥，鷙鳥⑦攫⑧老弱。於是女媧鍊五色石以補蒼天，斷鼇⑨足以立四極，殺黑龍以濟冀州⑩，積蘆灰以止淫水⑪。蒼天補，四極正，淫水涸⑫，冀州平，狡蟲死，顓民生。

摶土作人

俗說天地開闢，未有人民⑬。女媧摶⑭黃土作人，劇務⑮，力不暇供，乃引繩絚⑯於泥中，舉以為人。故富貴者，黃土人也；貧賤凡庸者，絚人也。

①四極廢　支撐蒼天的柱子斷折了。四極，古代神話中四方的擎天柱。

②九州裂　九州地面崩裂塌陷。九州，指中國的土地。

③兼覆　完全覆蓋。

④周載　完全承載。

⑤爁（ㄌㄢˋ）炎（ㄧㄢˋ）　火勢蔓延的樣子。

⑥顓（ㄓㄨㄢ）民　善良的人民。顓，善良。

⑦鷙（ㄓˋ）鳥　兇猛的鳥。

⑧攫（ㄐㄩㄝˊ）　用爪子抓。

⑨鼇（ㄠˊ）　神話中的大海龜，力氣很大，可以背負整座山。

⑩冀州　九州之一，位於九州中央，即所謂中原地區。

⑪淫水　平地泛濫的大水。

⑫涸（ㄏㄜˊ）　乾。

⑬人民　人類。

⑭摶（ㄊㄨㄢˊ）　用手捏東西。

⑮劇務　工作繁重。

⑯絚（ㄍㄥ）　粗大的繩子。

賞析

人類文明進展，大都經歷過母系社會的歷史階段。在母系社會中，女性是家庭的中心。她們既是孕育下一代生命的母體，也是生產勞動的主力。女媧神話極有可能是在母系社會的歷史階段產生，在當時的生活條件之下，將女性形象高度擴大提升。這是閱讀本課兩則神話故事的前提認識。

「鍊石補天」、「摶土作人」，是女媧神話的核心部分。神話故事顯示女媧是人類的創造者，又是為善良人民解決災難痛苦的英雄。這樣的形象，與父系社會中女性婉約柔順、依賴男人的第二性形象，是大異其趣的。

天災地變、禽獸侵逼，原是遠古人類共同面臨的生存威脅，而人類也依賴集體的力量，披荊斬棘，克服災難，改善了生活、推展了文明。神話中往往將這種集體的力量、共同的願望，集中到一個具有神力的人物身上，這個高度集中概括的人物形象，就無比龐大。在女媧神話中，我們也可以感覺到這一點。

淮南子和風俗通義都是漢朝人的著作，漢朝距離神話中的女媧時代已相當遙遠，因此，出自這兩部書的這兩則故事恐怕已不是口耳相傳的神話原貌了。但即使只是這樣精簡的記錄，我們仍然可以感受到那股屬於神話特有的粗獷和浪漫。

問題與討論

一、人能補天嗎？如果不能，那麼女媧鍊石補天的神話故事，又寄寓著什麼深意呢？

二、請任擇本課中一則神話，用你自己的話，把它寫成一個三百字左右的故事。

二 關雎

詩經

導讀

本詩選自詩經周南，是詩經三百零五篇的第一篇。詩中抒寫男子愛慕淑女的相思之情，尚未得到淑女時的憂思苦悶，與淑女為偶後的珍惜和快樂。篇名「關雎」是取詩歌首句「關關雎鳩」中的二字而訂，這是詩經和多數先秦古書的通例。

詩經是中國最早的詩歌總集，作品年代包含西周初期至春秋中期，由西元前十二世紀到前六世紀約五、六百年的時間，為當時樂官所採集而成，各篇作者大都已不可考。全書分風、雅、頌三部分：風是民間歌謠，依地域分周南、召南等十五國風；雅分小雅、大雅，小雅是宴饗樂歌，大雅是朝會樂歌；頌有周頌、魯頌、商頌，以祭祀祖先、神明的樂歌為主。至於書中詩歌的表現手法，有三類：第一類是「賦」，也就是直接表現；第二類是「比」，也就是使用譬喻；第三類是「興」，也就是要說「甲」，先說「乙」來引出「甲」。風雅頌、賦比興，合稱為詩經的「六義」。

課文與注釋

關關①雎鳩②，在河之洲③。窈窕④淑女，君子好逑⑤。

參差荇⑥菜，左右流⑦之。窈窕淑女，寤寐⑧求之。求之不得，寤寐思服⑨。悠哉⑩悠哉，輾轉反側⑪。

參差荇菜，左右采之。窈窕淑女，琴瑟友之⑫。參差荇菜，左右芼⑬之。窈窕淑女，鐘鼓樂之⑭。

①關關　狀聲詞。這裡是模擬雄、雌二鳥相互和鳴的聲音。

②雎ㄐㄩ鳩ㄐㄧㄡ　水鳥名。相傳這種鳥情感專一，雄雌配偶固定而不亂；若喪偶，則憂思不食，憔悴而死。

③洲　水中的陸地。

④窈ㄧㄠˇ窕ㄊㄧㄠˇ　嫻靜美好的樣子。

⑤逑ㄑㄧㄡˊ　配偶。

⑥荇ㄒㄧㄥˋ　水生植物名。根生於水底，葉浮在水面上，可當蔬菜吃。

⑦流　求；摘取。

⑧寤ㄨˋ寐ㄇㄟˋ　醒與睡。寤，睡醒。寐，睡著。

⑨思　服　思念。服，想。

⑩悠　哉　思念深長的樣子。悠，長。

⑪輾轉反側　翻來覆去。形容不能入眠。

⑫琴瑟友之　彈琴鼓瑟，向她表示愛意。友，親愛。之，指淑女。

⑬芼（ㄇㄠˋ）　摘取。

⑭鐘鼓樂之　敲鐘打鼓，使她歡樂。之，指淑女。

賞析

這首詩分三章（段）。第一章用沙洲上雎鳩和鳴的聲音起興，說淑女是君子的好配偶。第二章以河水中的荇菜起興，說男子夢寐以求淑女，求而未得，憂思深重，不能入睡。第三章也以荇菜起興，說男子得到淑女後，歡欣鼓舞，向她表示愛意，向她討好，使她歡樂。

就表現手法而言，全詩三章的開頭，都用非主題事物來引起主題：用雎鳩和鳴，說淑女應配君子；用荇菜說男子對淑女的追求和體貼對待。這些都是要說「甲」，先說「乙」來引出「甲」，是「興」的手法。除此之外，全詩各句都是用「賦」。

就詩歌內容而言，貫串全詩的是男子出自真誠的、對淑女的款款深情，這一份深情在反覆描述中逐漸深化。男子由愛慕而思念，最終獲得美滿的結局，詩中將這一過程，用樸實簡練的文字，交代得非常完整，刻劃得非常深入而合乎人情的常態。

男女相愛，彼此追求，本來就是天經地義的事；在追求過程中，那種患得患失的忐忑不安、煩躁難耐，也是正常的現象。詩中男子最後得以和心儀的淑女結合，必定是由於他的真誠和耐心，難得的是他「琴瑟友之」、「鐘鼓樂之」，用他最大的努力，來珍惜維護這一段良緣。

問題與討論

一、這一首詩裡，有些詩句已成為後代習用的成語或詞組，請你找出來，並加以解釋。

二、這首詩三章都用「興」的手法，請你指出，並加以說明。

三 白馬寺

楊衒之

導讀

本文選自洛陽伽藍記。記洛陽白馬寺興建的由來，寺中經函的奇異現象，以及寺前果林的盛況。白馬寺在今河南省洛陽市東北郊。東漢明帝於永平七年（西元六四年），夢見佛陀，因此派人往西域求經；天竺（今印度）高僧以白馬馱佛經至洛陽。永平十一年，建寺以供居住，因名白馬寺。

楊衒（ㄒㄩㄢˋ）之，北朝北平（今河北省滿城縣）人，生卒年不詳。北魏末年，官至祕書監。東魏孝靜帝武定五年（西元五四七年），楊衒之經過北魏舊都洛陽，見京城內外原本一千餘座佛寺（伽藍），在歷經多次戰火之後，破壞荒廢相當嚴重，因此有感，遂搜集遺聞，追述往事，記洛陽城內外重要佛寺情形，作洛陽伽藍記五卷。

課文與注釋

白馬寺，漢明帝①所立也，佛入中國之始。寺在西陽門②外三里御道③南。帝夢金人長丈六，項背④日月光明，胡神號曰佛。遣使向西域⑤求之，乃得經像焉；時白馬負而來，因以為名。

明帝崩，起祇洹⑥於陵⑦上；自此以後，百姓塚⑧上或作浮圖⑨焉。寺上經函⑩，至今猶存，常燒香供養之。經函時放光明，耀於堂宇，是以道俗⑪禮敬之，如仰真容。

浮圖前柰林⑫、蒲萄⑬，異於餘處，枝葉繁衍，子實⑭甚大。柰林實重七斤，蒲萄實偉⑮於棗，味並殊美，冠於中京⑯。帝至熟時，常詣⑰取之，或復賜宮人；宮人得之，轉餉⑱親戚，以為奇味，得者不敢輒⑲食，乃歷數家。京師語曰：「白馬甜榴，一實值牛。」

① 漢明帝　東漢明帝劉莊，在位十八年（西元五八——七五年）。

② 西陽門　洛陽故城西面的門。

③ 御道　皇帝專用的道路。御，對皇帝所作所為及所用的敬稱。

④ 項背　頸背。

⑤ 西域　漢代稱西方諸國為西域，大都在今新疆省一帶。

⑥祇洹 精舍。指佛寺中修習佛法的禪房。

⑦陵 帝王的墳墓。東漢明帝墳墓在白馬寺東北。

⑧塚 墳墓。

⑨浮圖 也寫作「浮屠」。這裡指塔。

⑩經函 置放經書的匣子。

⑪道俗 出家人和世俗人。

⑫柰林 柰樹林。柰，也寫作「棕」。果樹名。

⑬蒲萄 即葡萄。

⑭子實 果實。

⑮偉 大。

⑯中京 指洛陽。

⑰詣 到。

⑱餉 贈送。

⑲輒 立即。

賞析

洛陽伽藍記一書，長於記事、寫景，條理清晰，文字精鍊，前人認為可以和酈道元的水經注相提並論。本文正體現了全書的特色，具有相當程度的代表性。

全文四段。前三段重點在於記事，先從白馬寺寫起，包括它的位置、建寺的原因，再旁及到寺中經函的奇異現象，層層寫來，有主要，也有次要，條理相當清楚。第四段寫寺前果林的盛況，屬於景物部分，就全文而言，它有襯托主題「白馬寺」的作用。因為，「伽藍」原本就是從梵語音譯而來，意思是僧眾所住的園林。白馬寺既是「伽藍」，就必有園林，描寫其園林景況，當然是必要的。這一段先是寫白馬寺前柰林、葡萄的「異」——枝葉繁衍、果實既大且甜，是別處所沒有的；接著用皇帝常取食此處果實，並賞賜宮人，用有關此處果實的軼事，印證了前面所寫的事實。這種寫法，讓讀者獲得更具體、更鮮活的印象。

整篇文章，讓人覺得作者只是照實說話，沒有過度的修飾，也沒有任何誇張，而白馬寺的形象，卻已生動鮮明地呈現在文章之中了。

問題與討論

一、白馬寺為什麼而興建？為什麼以「白馬」為寺名？

二、白馬寺的園林，有什麼「異」於他處的地方？

四　宋定伯賣鬼

干寶

導讀

本文選自搜神記，屬於六朝志怪。故事大要是南陽人宋定伯年輕時，在夜行往宛縣（今河南省南陽市）的途中遇到了鬼。他與鬼同行，探知了鬼的忌諱，到達宛縣市集，賣了鬼變的羊，得錢千五百而去。

六朝，指三國分裂到隋統一前後，三百餘年的歷史時期，約當西元三世紀至六世紀間。六朝志怪大都記述鬼神、怪異之事，與當時佛、道二教的流傳，很有關係；就今日的觀點而言，它還不算結構完整的小說，但由此更進一步，便產生了唐人傳奇。所以，它被看作是中國小說成熟的前驅。

干寶，字令升，晉新蔡（今河南省新蔡縣）人，生卒年不詳。干寶是東晉初著名的史學家，在東晉元帝初年，曾任著作郎，主修國史。其著作都已散失不存，只有搜神記較為完整地保留了下來。搜神記原有三十卷，現在流傳的是經過明朝人輯錄的二十卷本。共收四百六十四則鬼神靈異故事，是現存最有名的志怪總集。

課文與注釋

南陽①宋定伯，年少時，夜行逢鬼。問之，鬼曰：「我是鬼。」鬼問：「汝復誰？」定伯誑②之，言：「我亦鬼。」鬼問：「欲至何所③？」答曰：「欲至宛市④。」鬼言：「我亦欲至宛市。」遂行數里。鬼言：「步行太遲⑤，可共遞相擔⑥，何如？」定伯曰：「大善。」鬼便先擔定伯數里。鬼言：「卿⑦太重，將非⑧鬼也？」定伯言：「我新鬼⑨，故身重耳。」定伯因復擔鬼，鬼略無⑩重。如是再三。定伯復言：「我新鬼，不知有何所畏忌？」鬼答言：「惟不喜人唾⑪。」於是共行，道遇水，定伯令鬼先渡，聽之，了然無聲音。定伯自渡，漕漼⑫作聲。鬼復言：「何以有聲？」定伯曰：「新死，不習渡水故耳。勿怪吾也。」

行欲至宛市，定伯便擔鬼著肩上，急執之。鬼大呼，聲咋咋⑬然，索下⑭。不復聽之。徑⑮至宛市中，下著地，化為一羊，便賣之。恐其變化，唾之。得錢千五百乃去。當時石崇⑯有言：「定伯賣鬼，得錢千五。」

①南陽 郡名。郡治在宛縣。
②誑ㄎㄨㄤˊ 欺騙。
③何所 什麼地方。所，處所。
④宛市 宛縣的集市。宛，宛縣。
⑤遲 慢。
⑥共遞相擔 彼此輪流揹對方。
⑦卿 第二人稱的敬語。
⑧將非 恐怕不是。
⑨新鬼 剛死不久的鬼。
⑩略無 一點也沒有。

⑪唾 口水。
⑫漕漼ㄘㄨㄟˇ 狀聲詞。這裡是模擬人渡水而過的聲音。
⑬咋ㄗㄜˊ咋ㄗㄜˊ 狀聲詞。這裡是模擬鬼的呼叫聲。
⑭索下 要求下來。
⑮徑 一直。
⑯石崇 （西元二四九——三〇〇年）字季倫，西晉南皮（今河北省南皮縣東北）人。以豪富聞名，生活奢靡。

賞析

干寶撰寫搜神記的目的，是想證明鬼神世界的真實而不虛妄。因此，他以史學家的嚴肅態度，用實錄的筆法來記載有關鬼神傳聞之事。這一點，我們從本文就可以看出來。

故事中有人物的里籍、姓名，有事件發生的時間、地點，並且透過人與鬼的對話和中間穿插的簡短敘述，把事件的過程、最終的結局，完整地做了交代。最後還引述了晉代名人石崇的話，暗示讀者：這件事是真的！鬼化為羊被賣掉的結局，看來很新鮮離奇，其實在整個事件的過程中，作者已預先安排了伏筆，那就是宋定伯已經問清楚了鬼的畏忌：不喜人唾。宋定伯在宛市把鬼甩到地上，鬼化為羊，又被吐了口水，只好乖乖被賣了。

鬼神世界的有無，至今仍是爭論不休的問題，可以說是信者恆信、疑者恆疑，誰也別想說服誰。如果干寶這篇所記屬實，那也是很有趣、很引人深思的。文章中的人——宋定伯，在夜行的路上遇到了鬼，他非但毫不畏懼，反而與鬼同行，欺騙了鬼，把鬼給賣了，還利用鬼的畏忌，吐他口水，讓他跑不掉。我們可以說宋定伯很勇敢，很機警，但也可以說他很奸詐，很狡猾。相對於宋定伯這個人，故事中的鬼卻是老實得可憐，卻是那樣地輕易相信人，輕易被騙。這樣說來，鬼有什麼可怕？人才真可怕哪！

問題與討論

一、這一則故事中的鬼，竟然被宋定伯給賣了；如果這事是真的，你有什麼評論？

二、這一則故事最後引述石崇的話，作用是什麼？

五　贈衛八處士

杜　甫

導讀

本詩選自杜工部集，是一首五言古體詩。詩裡主要敘述和二十年未見面的老朋友衛八重聚，主客之間驚喜感歎的心情、真率誠摯的友誼，以及明日即將再度別離的難捨。衛八，姓衛，名字和里籍都不詳，「八」是堂兄弟排行的次序。處士，隱居不做官的讀書人。

唐肅宗乾元二年（西元七五九年），杜甫從洛陽回華州任所，當時他擔任華州司功參軍的官，途中探望了衛八，寫下這首詩。

杜甫（西元七一二——七七〇年），字子美，唐襄州襄陽（今湖北省襄樊市）人。曾任檢校工部員外郎的官，故世稱杜工部。他和李白並稱「李杜」，是中國詩歌史上兩位成就最高的詩人。由於身逢安、史之亂，顛沛流離，詩篇往往感時傷事、悲憫民生，所以有「詩史」之稱；詩的風格多樣，而以沉鬱頓挫為主；各種詩體兼擅，而古體與律詩的成就尤高。後人譽為「詩聖」。著有杜工部集。

課文與注釋

人生不相見，動如參與商①。今夕復何夕？共此燈燭光。少壯能幾時？鬢髮各已蒼②。訪舊③半為鬼，驚呼熱中腸④。焉知二十載，重上君子⑤堂。昔別君未婚，兒女忽成行。怡然敬父執⑥，問我來何方？問答未及已，驅兒羅酒漿⑦。夜雨剪春韭，新炊間黃粱⑧。主稱會面難，一舉累十觴⑨。十觴亦不醉，感子故意⑩長。明日隔山岳⑪，世事兩茫茫！

①動如參與商　常常就像天上的參星與商星一樣。動，往往；常常。參、商都是天上的星名，參星在西，商星在東，此出彼落，永不相見。

②蒼　灰白。

③訪舊　探望老朋友。

④中腸　指內心。

⑤君子　指衛八。

⑥父執　父親的好朋友。執，志同道合的朋友。

⑦驅兒羅酒漿　差遣兒女擺設酒席。羅，陳設。

⑧間黃粱　摻雜著黃色的小米。間，摻雜。

⑨累十觴　連續喝了十杯。累，連續。觴，酒杯。

⑩故意　念舊的情意。

⑪隔山岳　被山岳所阻隔。意思是再度別離。

賞析

人的一生，好友相聚的時間本來已經不多，更何況在翻天覆地、土崩瓦解的戰亂中，竟然能和二十年不見的老友重逢、歡敘，這是何等難得的事呢？

因此，這首詩開頭的十句，寫重逢的驚喜；接著的十二句寫歡敘的溫馨，字字句句，發自肺腑。主客之間，沉浸在愉悅之中，連主人衛八的兒女，也都感染了這種氣氛，殷勤待客。

也正由於這樣的難得、這樣的溫馨，讓主客二人在感動之餘，深深以聚會時間太短而感歎。詩的最後二句，以明日一別，山岳阻隔，不知相見又在何年，表達了作者依依不捨的心情。

整首詩從相逢、歡敘到為即將再別而感傷，層次相當清楚，結構也很完整，而貫串全詩的那分濃郁真摯的友情，更是令人隨著詩句而驚呼，而感動，而感傷。

問題與討論

一、「驚呼熱中腸」一句，寫見面時的驚喜，為什麼會「驚呼」，又為什麼會「熱中腸」？

二、「十觴亦不醉」的原因是什麼？

六　口　技

林嗣環

導讀

本文選自虞初新志。記敘北京城裡一個民間藝人，一場精彩的口技表演。原文本來是林嗣環為自己的秋聲詩所寫的自序，張潮（西元一六五〇——一七〇七年？）在編虞初新志時，將這一個故事收入書中。虞初新志共二十卷，收錄明末清初的筆記小說。

林嗣環，字鐵崖，福建晉江（治所在今福建省泉州市）人。生卒年不詳。清世祖順治六年（西元一六四九年）中進士，曾任廣東提刑按察司副使。著有鐵崖文集。

課文與注釋

京中有善口技者。會①賓客大宴，於廳事②之東北隅，施③八尺屏幛④，口技人坐屏幛中，一桌、一椅、一扇、一撫尺⑤而已。眾賓團坐。少頃，但聞屏幛中撫尺一下，滿坐寂然，無敢譁者。

遙聞深巷中犬吠，便有婦人驚覺⑥欠伸⑦，其夫囈語⑧。既而兒醒，大啼；夫亦醒。婦撫兒乳⑨，兒含乳啼，婦拍而嗚⑩之。又一大兒醒，絮絮⑪不止。當是時，婦手拍兒聲，口中嗚聲，兒含乳啼聲，大兒初醒聲，牀聲，夫叱⑫大兒聲，尿瓶中聲，尿桶中聲，一時齊發，眾妙畢備。

滿坐賓客，無不伸頸，側目⑬，微笑，默歎，以為妙絕。

未幾，夫齁聲⑭起，婦拍兒亦漸拍漸止。微聞有鼠，作作索索⑮，盆器傾側⑯，婦夢中咳嗽。

賓客意少舒⑰，稍稍正坐。

忽一人大呼：「火起！」夫起大呼，婦亦起大呼，兩兒齊哭。俄而百千人大呼，百千兒哭，百千犬吠。中間⑱力拉⑲崩倒之聲，火爆聲，呼呼風聲，百千齊作；又夾百千求救聲，曳屋⑳許許㉑聲，搶奪聲，潑水聲。凡所應有，無所不有。雖人有百手，手有百指，不能指其一端㉒；人有百口，口有百舌，不能名㉓其一處也。

於是賓客無不變色離席，奮袖㉔出臂，兩股戰戰㉕，幾㉖欲先走。

忽然撫尺一下，群響畢絕。撤屏視之，一人、一桌、一椅、一扇、一撫尺而已。

①會　遇上。
②廳事　大廳。
③施　張設。
④屏幛　用來遮隔的布幔。
⑤撫尺　即醒木。藝人表演時，用來拍擊桌子，以加強氣勢、引人注意。
⑥驚覺　驚醒。
⑦欠伸　打呵欠，伸懶腰。
⑧囈ㄧˋ語　說夢話。
⑨乳　餵奶。這裡用作動詞，下文「兒含乳啼」則用作名詞。
⑩嗚　輕聲哼唱。
⑪絮絮　話多不停的樣子。

⑫叱　大聲斥責。
⑬側目　指偏著頭看。
⑭齁ㄏㄡ聲　打鼾聲。
⑮作作索索　狀聲詞。這裡是模擬老鼠活動的聲音。
⑯傾側　傾斜翻倒。
⑰舒　緩和。
⑱間ㄐㄧㄢˋ　夾雜。
⑲力拉　狀聲詞。這裡是模擬東西掉落、崩倒的聲音。
⑳曳ㄧˋ屋　拉倒房子。用以切斷火路。曳，拉。
㉑許ㄏㄨˇ許ㄏㄨˇ　狀聲詞。這裡是模擬眾人一齊用力的聲音。

㉒一端　一種。
㉓名　形容。
㉔奮袖　甩袖子。
㉕戰戰　發抖的樣子。
㉖幾ㄐㄧ　幾乎。

賞析

本文可從兩方面來欣賞：口技人的絕技和本文作者的妙筆。

文中的口技人，並不是零星地模仿各種聲音，而是有組織地表演了一段靜夜中的故事。他先用聲音模仿了一個家庭夜半裡的各種瑣碎活動，然後推展開，描摹一場突然發生的大火。這中間，口技人的表演，井然有條、波瀾起伏，有趣味處，也有緊張處，而在最緊張的關頭，「撫尺一下，群響畢絕」，結束了整個表演，留下的是聽眾猶存的驚悸和無盡的餘味。

這樣的表演，可說是臨場感十足的，但卻不容易用文字記錄使讀者獲得同樣的臨場感。然而，細讀此文，我們不僅可以深刻感受到現場的氣氛，甚至於還會進入那靜夜中的現場，和聆聽表演的人有著同樣的反應。

這樣的效果，主要由於：一、文中對於表演場所、人物，皆僅粗略交代，甚至於全文唯一的聲音就只有口技人的表演，這使得讀者的整個注意力都被吸引到口技人的各種聲音裡，一步步地進入那聲音的情境中。

二、作者每寫完一段口技人的表演，就夾一小段寫賓客的反應，從一開始的「滿坐寂然，無敢譁者」，到最後的變色欲走，無不配合正面描寫的表演情況，收到側筆烘托的效果，使文氣起伏跌宕，避免了冗長描述所可能形成的呆滯和煩瑣。

記敘類的文章，最忌諱煩瑣而無趣味，冗長而無條理，本文沒有這些缺點，它的成功處值得玩味借鏡。

問題與討論

一、本文第一段「口技人坐屏幛中，一桌、一椅、一扇、一撫尺而已」，最後一段又有「撤屏視之，一人、一桌、一椅、一扇、一撫尺而已」，如此重複，有什麼作用？

二、本文第三、第五、第七段寫賓客的動作表情，各有不同，有什麼作用？

七　金龍禪寺

洛　夫

導讀

本詩選自魔歌。詩中描寫黃昏時遊客下山，金龍禪寺四周山中燈火亮起的意境。

洛夫（西元一九二八——二〇一八），本名莫洛夫。湖南省衡陽市人。淡江大學外文系畢業。曾任教東吳大學，並曾任創世紀詩刊總編輯、為創世紀詩社創辦人之一。洛夫的現代詩，以經營意象著稱，自成出入時空、揮灑縱橫的語言魅力，憑空而來，出奇制勝，往往令人應接不暇，目眩神搖。民國七十一年獲中國時報敘事詩推薦獎及中山文藝創作獎，民國七十五年獲吳三連文藝獎。著有詩集魔歌、釀酒的石頭、月光房子等，另有散文集洛夫隨筆、詩論集洛夫詩論選集等。

課文與注釋

晚鐘
是遊客下山的小路
羊齒植物
沿著白色的石階
一路嚼了下去

如果此處降雪

而只見
一隻驚起的灰蟬
把山中的燈火
一盞盞地
點燃

賞析

本詩共分三節。第一節寫晚鐘響起，遊客下山。第二節寫心中突發的聯想。第三節寫山中燈火逐漸亮起。

全詩的美感經驗，相當鮮活別致。第一節以聽覺與視覺的相互轉換，呈現這種美感經驗。於是在作者筆下，「晚鐘」並非「遊客下山的時候」，而是「遊客下山的小路」，凸顯下山時聽覺印象之深刻；同樣「羊齒植物」「沿著白色的石階」並非「一路排了下去」，而是「一路嚼了下去」，凸顯擬人化之後的聽覺趣味。第二節只有一句「如果此處降雪」，宛如天外飛來。由眼前實景，轉入虛想。想像萬一大雪紛飛，會產生什麼狀況：遊客紛紛閃躲？迎著白雪，心情平靜？面對白茫茫天地，有所徹悟？……如人飲水，交由讀者自己去想像吧！第三節再回到眼前實景，將原本不相干的兩組畫面「一隻驚起的灰蟬」「山中的燈火／一盞盞地／點燃」，用一個「把」字結合在一起，形成相干的因果關係，造成無理而妙的視覺美感，也留下無限的想像空間：一隻驚起的灰「蟬」，會撞擊心靈，引發「禪」悟？一盞盞的「燈」火，莫非默示著自性的清明，燭照四周的來路？

問題與討論

一、「如果此處降雪」一行獨立為一節，這一節在整首詩中有什麼作用？

二、「一隻驚起的灰蟬」，如何能點亮山中燈火？那是一個什麼樣的畫面？

八梨花

許地山

導讀

本文選自空山靈雨。文章裡，不同的人，甚至不同的動物，對於雨中搖落的梨花，有不同的反應；同樣搖落下來的花瓣，歸宿也不相同。透過這樣的書寫，作者營造了一些氛圍，也提供了讀者聯想的空間。

許地山（西元一八九三——一九四一年），原名贊堃，字地山，筆名落華生。出生於臺南市，甲午戰後，隨家人遷居福建省龍溪縣。燕京大學畢業，獲文學士、神學士雙學位。曾任燕京大學、香港大學等校教授。許地山是研究宗教學、人類學、民俗學的學者，也是知名的散文和小說作家。著有散文集空山靈雨，小說集綴網勞蛛、危巢墜簡，以及學術論著多種。

課文與注釋

她們還在園裡玩，也不理會細雨絲絲穿入她們底①羅衣。池邊梨花底顏色被雨洗得更白淨了。但朵朵都嬾嬾地②垂著。

姊姊說：「你看，花兒都倦得要睡了！」

「待我來搖醒他們。」

姊姊不及發言，妹妹底手早已抓住樹枝搖了幾下。花瓣和水珠紛紛地落下來，鋪得銀片滿地，煞③是好玩。

妹妹說：「好玩啊，花瓣一離開樹枝，就活動起來了！」

「活動什麼？你看，花兒底淚都滴在我身上哪！」姊姊說這話時，帶著幾分怒氣，推了妹妹一下。她接著說：「我不和你玩了；你自己在這裡罷！」

妹妹見姊姊走了，直站在樹下出神。停了半晌④，老媽子⑤走來，牽著她，一面走著，說：「你看，你底衣服都濕透了；在陰雨天，每日要換幾次衣服，教人到哪裡找太陽給你曬去呢？」

落下來底花瓣，有些被她們底鞋印入泥中；有些黏在妹妹身上，被她帶走；有些浮在池面，被魚兒啣⑥入水裡。那多情的燕子不歇把鞋印上底殘瓣和軟泥一同啣在口中，到樑間去，構成他們底香巢。

①底　的。
②嬾ㄌㄢˇ嬾ㄌㄢˇ地　懶懶地。嬾，「懶」的本字。
③煞　甚。
④半晌ㄕㄤˇ　一會兒。
⑤老媽子　女佣人。
⑥啣ㄒㄧㄢˊ　含在嘴裡。

賞析

本文的場景是在絲絲細雨的園裡，畫面中的焦點是池邊沐雨而下垂的梨花。

場景中的人物，姊姊似乎是多愁善感的少女，而妹妹則是活潑好動的小女孩。姊姊感受到梨花的倦意，為梨花被妹妹搖落而傷心發怒，妹妹則認為梨花被自己搖醒，花瓣離開樹枝就活動了起來。至於老媽子，似乎並不關心梨花，而只在意姊妹倆在雨中淋濕了衣服，增加自己的麻煩。同一場景、同一事件，不同人物的反應，是這樣地懸殊！

但作為場景中焦點的梨花，卻是無言而被動的。它們被搖落，有的印入泥中，有的黏在人身，有的被魚兒啣入水裡，被燕子啣到樑間。歸宿雖有不同，卻都同樣身不由己，任人擺布。當然，我們也可以說，它們有的「化作春泥更護花」，有的養肥了魚兒，有的安頓了燕子。它們離開了母株，轉化為新的生命力量了。

作者平靜地描繪場景、敘述事件，文章憑空而來、戛然結束，卻能營造出頗具詩意，也頗含哲理的氛圍，讓我們可以從不同的角度，依自己的經驗，吟味出一些聯想。這正是許地山散文的藝術魅力之所在，有他自己獨特的風格、味道。

問題與討論

一、文章裡，妹妹為什麼要搖動樹枝？姊姊為什麼而發怒？

二、文章裡，那些搖落的花瓣，有什麼不同的歸宿？你認為它們是喪失了生命，還是轉化成新生命了呢？

九　地方誌

張騰蛟

導讀

本文節選自民國七十年十二月十一日中華日報副刊。南方澳一則，歌頌南方澳漁民把大海當做田畝，克勤克儉地經營著，表現出堅毅與勤勉的討海人精神。北濱的農野一則，對於臺灣北海岸農村裡，與強風相搏、固守莊園的莊稼漢，深致敬意。

張騰蛟（西元一九三〇——　），筆名魯蛟，山東省高密縣人。張騰蛟是當代知名的作家，其寫作能力主要來自於苦學自修；創作範圍廣泛，以詩和散文為主，兼及童話、小說、文學評論、傳記等。著有散文集一串浪花、鄉景、海的耳朵、溪頭的竹子，以及詩集、短篇小說、傳記文學等共二十餘種。

課文與注釋

南方澳

背後是山，前面是海，這是一個沒有耕地的地方。

人是靠糧食而活的，然而，並不是說沒有耕地就無法活下去。這裡的人們，便把大海當成他們的田畝，克勤克儉的經營著。當蘭陽①的原野上忙著豐收的時候，他們也同樣的在浩浩的海洋田畝裡忙著收穫，忙著裝載，忙著運送。

港灣裡，有千桅②高挺著，也有千百個硬朗③的漢子站立著。在這裡，每一根船桅都是一枝生命的標竿④，每一條漢子都是一座力的源泉。因此，不管海有多寬、洋有多遠，他們都能夠在上面踩出縱縱橫橫的道路來；只要鼓帆⑤，只要發動馬達，便可一去千百里。漢子們，陸地上的腳印也許還踩不到花東或嘉南，在海上，他們卻能夠大西洋⑥或是印度洋⑦了。甚至，已經踩到大洋洲⑧或是南極洲⑨都說不定。在他們這些擅於乘風破浪的人來說，海洋要比陸地，平坦多多。

這裡的人們，也許不一定都會讀懂那些厚部頭書，可是，他們卻能夠讀得懂海洋。比起那些書來，海洋是難懂得多了，而這裡的人們卻有能力消化它。甚至，連那些耄耋⑩老者或是年幼的童子，以及那些漁婦漁姑都不例外。

漁者的生活裡，雖然也有笑聲也有歌，畢竟是腥了一些，鹹了一些，也陰濕了一些。

那種日子，不是一般人所能夠過得了的，要有南方澳人的堅毅與勤勉，才行。

北濱的農野

這是一片被海風欺侮得最厲害的土地。當呼呼的東北風挾著濃濃的鹹味自海上吹來時，它是第一個受害者，要最先承受吹打與蹂躪，要最先把痛苦與傷害接納過來。這樣的土地上，這樣的環境中，是不適於生長莊稼⑪的，可是，這個地方的一些村村落落裡，卻住著一些勇於與強風相搏的莊稼漢，住著一些不肯向自然力量認輸的樸實老農。他們知道，既然世世代代的生於斯長於斯，就要在這裡開闢生活的路子，就要從風的手裡討回一些公道。於是，儘管土地並不肥沃，卻照樣的可以經營出不錯的田畝，照樣的讓莊稼們在這裡一季一季的成長著。農人們知道，在這樣的土地上討生活，除了多用智慧多用勞力，以及付出更多的辛勤與關愛，沒有別的辦法。因此，雖然泥土中的含砂比例是那樣的高，他們卻可以用良好的經營去彌補；雖然海風的來勢是那樣的兇猛，他們卻可以用更多的付出來抵擋。風是不肯繞道的浪子，他們是不肯低頭的硬漢，兩個算是對上了，對來對去，蠻橫的海風一批批的消失了，而這些硬朗的村農們，卻仍然在島的北端經營著他們的田畝，固守著他們的莊園，一年比一年富足，一代比一代健壯。這片原野，是屬於他們的，而不屬於風，更不屬於其他。

乘車路過這裡時，會看到三三兩兩的鄉農們，站在迎風的田野裡，額角上那疊疊的深皺，像極了不遠處海岸上那層層疊疊的沖積岩層，一看就知道，他們是一些不簡單的人物。他們，在多少個回合的拚鬥裡，是最後的贏家。

①蘭陽　指蘭陽平原，在臺灣省宜蘭縣境內。
②桅（ㄨㄟˊ）　船上懸帆的木杆。
③硬朗　身體強健，精神很好。
④標竿　作為標記的竹竿。引申為目標或方向。
⑤鼓帆　張帆。
⑥大西洋　位於歐、非、美三洲之間，是世界第二大洋。
⑦印度洋　位於亞、非、澳三洲之間，是世界第三大洋。
⑧大洋洲　太平洋中除大陸沿岸島嶼外的大小島嶼之總稱。
⑨南極洲　位於南極地方的廣大冰原。
⑩耄（ㄇㄠˋ）耋（ㄉㄧㄝˊ）　指長壽高齡的老人。耄，指八十或九十歲的老人。耋，或指六十，或指七十，或指八十歲的老人。

⑪莊　稼　指農作物。

賞析

勤奮堅毅是臺灣人的天性，這尤其表現在臺灣社會基層的勞動者身上。南方澳的討海人，在「一個沒有耕地的地方」，「把大海當成他們的田畝，克勤克儉的經營著」；北海岸的莊稼漢，在「一片被海風欺侮得最厲害的土地」上，用智慧和勞力，「經營出不錯的田畝」。他們都是勞動者的典範，具有旺盛的生命力，堅定的意志力。

不論是南方澳的漁民，或是東北海岸的農民，他們的勤奮堅毅，都是遺傳自祖先的。其實，三百年的臺灣歷史，就是在這種代代相傳、步步接續的情況下，篳路藍縷，上山下海，締造出來的。

作者用最樸實簡單的文字，刻劃了南方澳漁民和北海岸農民踏實的生活樣貌與豐富的精神內涵，文字直捷明確而有力，一如他所寫的漁民和農夫。這固然是作者一貫的風格，一方面也是配合他所要寫的人物。也唯有這種寫法，才足以真正表現出討海人和農夫的堅毅性格。

問題與討論

一、作者為什麼說南方澳的人「把大海當成他們的田畝」？

二、南方澳的漁者、北濱的農人，一討海、一耕地，他們有什麼共同的性格？

一〇 必也正名乎

論語

導讀

本文選自論語子路。記孔子向子路闡述為政必先正名的主張。子路所說的衛君，指的是衛出公。當時，孔子有一些學生在衛國做官，衛出公希望孔子也能到衛國任職。可是，衛出公和他逃亡在國外的父親，存在著爭奪君位繼承的矛盾，加上其他諸侯對衛國內政的干預，造成衛國政局不穩的亂象。因此，孔子有感而發，在子路提出問題時，說出了一番以端正名分為急務的看法。

論語一書，記載孔子及其弟子的言行，是孔子死後，由他的再傳弟子編纂而成的。全書以「仁」為最高的道德理念，講究父慈子孝，兄友弟恭，夫婦有義，朋友有信，君敬臣忠。是研究孔子思想最重要的一部書；千百年來，中國讀書人個個都要讀這部書，其影響既深且遠。

課文與注釋

子路曰：「衛君待子而為政①，子將奚先？」子曰：「必也正名②乎！」子路曰：

「有是哉，子之迂③也！奚其正？」子曰：「野④哉，由也！君子於其所不知，蓋闕如⑤也。名不正，則言不順⑥；言不順，則事不成；事不成，則禮樂不興⑦；禮樂不興，則刑罰不中⑧；刑罰不中，則民無所錯⑨手足。故君子名之必可言也，言之必可行也。君子於其言，無所苟⑩而已矣。」

①為政　治理政事。
②正名　端正名分。
③迂　不切實際。
④野　粗鄙。
⑤闕如　擱置而不談論。闕，通「缺」。如，助詞。
⑥順　合理。
⑦興　行得通。
⑧中（ㄓㄨㄥˋ）　適當。
⑨錯　通「措」。安置。
⑩苟　隨便。

賞析

本文全由孔子和子路師生二人的對話組成，子路問兩次，孔子針對問題回答兩次。孔子第一次的回答，針對「奚先」的問題，要言不煩地回答以「正名」為優先。這個回答，子路並不滿意。就子路的觀點，當時天下列國，紛紛講求富國強兵，孔子「正名」的主張，顯然是不切實際的，所以反駁老師的見解，認為孔子「迂」。在孔子而言，他是針對衛國的政治現況而對症下藥，沒想到子路不能理解，草率批評，所以也回了子路一句「野哉」。

從這樣的對話，我們看到孔子師生之間，各抒己見、坦誠溝通的互動狀況；那對話的場面氣氛，躍然如在眼前，令人不禁莞爾。

全文重心在孔子的第二答。針對子路的質疑，孔子詳細闡述了他之所以主張在衛國為政必先正名的理由。他主要是從反面進行論述：名不正——言不順——事不成——禮樂不興——刑罰不中——民無所錯手足。如果正面來理解，那便是：名正——言順——事成——禮樂興——刑罰中——民知所錯手足。為政本來就要使全國秩序井然、人民安樂，而名不正的後果，會導致國家大亂、人民進退失據，這是非常嚴重的；衛國統治階級的最高層，當時正陷於「君不君，臣不臣；父不父，子不子」的紛亂之中，端正名分，當然是首要之務。孔子第二次回答之後，子路不再發問，大概他也體會到老師良苦的用心、對症下藥的主張了吧！

孔子正名的主張，有其針對性。這個主張，後來擴大到政治以外的各個層面，包括倫理、道德、家庭、社會等方面，形成中國人根深柢固的正名觀。用現在的話來說，所謂正名，就是要求在各種人際關係中，做到名實相符、名實確定，也就是所謂的合法性和正當性。合法、正當是人際關係運作中，非常重要而且非常根本的要件，沒有合法性和正當性，整個國家、社會，都將陷入名實混亂之中，那絕對不是人民之福、國家之幸。

問題與討論

一、子路說孔子正名的主張是「迂」，孔子說子路的批評是「野」，師生二人之間有歧見，你認為是老師對，還是學生對呢？

二、孔子為什麼堅持如果到衛國為政，必須以「正名」為優先？

一一　卜居

屈原

導讀

本文選自楚辭章句。記敘屈原被奸佞小人的讒言所陷害，忠心耿耿而遭放逐，三年之久，見不到國君一面，於是往見太卜鄭詹尹，請教自處之道，藉此抒發了他滿腔的苦悶和憤慨。卜居，卜問為人處世之道的意思。「居」，是居世自處。

屈原（西元前三四三——約西元前二九〇年），名平。戰國時代楚國的公族。曾事楚懷王、頃襄王兩代國君，做過左徒、三閭大夫等官，也曾奉命出使齊國。當時楚國，內有奸佞亂政，外有強敵秦國侵逼，局勢危殆。屈原一本忠心，竭力輔佐，卻屢遭排擠陷害，兩次被放逐；憂心忡忡，不勝愁苦，終於投汨羅江而死。著有離騷等二十五篇，在北方詩經之外，另立一新的文體，世謂之「楚辭」。

課文與注釋

屈原既放①，三年，不得復見②。竭知③盡忠，而蔽鄣於讒④，心煩慮⑤亂，不知所從。往見太卜⑥鄭詹尹曰：「余有所疑，願因⑦先生決之。」詹尹乃端策拂龜⑧曰：

「君將何以教之？」

屈原曰：「吾寧⑨悃悃款款⑩朴以忠⑪乎？將⑫送往勞來⑬斯無窮乎？寧誅鋤草茅以力耕乎？將游大人⑭以成名乎？寧正言不諱以危身⑮乎？將從俗富貴以媮生⑯乎？寧超然高舉⑰以保真⑱乎？將哫訾⑲栗斯⑳、喔咿儒兒㉑以事婦人㉒乎？寧廉潔正直以自清乎？將突梯滑稽㉓、如脂如韋㉔以潔楹㉕乎？寧昂昂若千里之駒乎？將氾氾㉖若水中之鳧㉗與波上下，偷以全吾軀乎？寧與騏驥㉘亢軛㉙乎？將隨駑馬㉚之迹乎？寧與黃鵠㉛比翼乎？將與雞鶩㉜爭食乎？此孰吉孰凶？何去何從？世溷濁㉝而不清：蟬翼為重，千鈞㉞為輕；黃鐘㉟毀棄，瓦釜㊱雷鳴；讒人高張㊲，賢士無名。吁嗟默默兮，誰知吾之廉貞！」

詹尹乃釋策而謝曰：「夫尺有所短，寸有所長。物㊳有所不足，智有所不明；數㊴有所不逮，神有所不通。用君之心，行君之意。龜策誠不能知此事。」

①放　放逐。

②見　指見到楚王。

③知　通「智」。智慧。

④蔽鄣於讒　被小人所蒙蔽阻攔。鄣，同「障」。遮蔽。讒，指奸佞小人。

⑤慮　思慮。

⑥太卜　掌占卜的官。

⑦因　藉助。

⑧端策拂龜　把蓍草擺正，把龜甲擦拭乾淨。占卜之前，表示虔敬的準備動作。策，占卜用的蓍草莖。

⑨寧　寧可。

⑩悃悃款款　誠誠懇懇。

⑪朴以忠　樸實而忠誠。朴，通「樸」。以，而。

⑫將　還是。

⑬送往勞來　送往迎來。指忙於應酬。勞，慰勞。這裡是歡迎的意思。

⑭游大人　交結顯貴高官。游，交結往來。

⑮危身　使自己受到傷害。身，自己。

⑯媮生　苟且求生。媮，通「偷」。

⑰超然高舉　遠走高飛。指捨棄名利，遠離是非。

⑱保真　保全純真。

⑲哫訾　阿諛奉承。

⑳栗斯　戒懼小心的樣子。

㉑喔咿儒兒　故作笑容，裝出柔順的樣子。

㉒婦人　指楚懷王的寵姬鄭袖。

㉓突梯滑稽　圓滑伶俐。
㉔韋　熟牛皮。
㉕潔楹　光亮圓滑的柱子。比喻圓滑諂媚。楹，圓的屋柱。
㉖氾氾　浮游不定的樣子。
㉗鳧　野鴨子。
㉘騏驥　駿馬。
㉙亢軛　並駕齊驅。亢，通「抗」。互相抗衡。軛，車轅前端的橫木，用來架在牛馬脖子上。
㉚駑馬　腳力差的下等馬。
㉛黃鵠　天鵝。
㉜鶩　家鴨。
㉝溷濁　混濁。
㉞千鈞　三萬斤。三十斤為一鈞。
㉟黃鐘　古代的打擊樂器。聲音宏亮，大多在廟堂上使用。
㊱瓦釜　陶土燒成的鍋。
㊲高張　居高位而氣焰囂張。
㊳物　指龜甲、蓍草等用來占卜的東西。
㊴數　術數。這裡指占卜。

賞析

本文分為三段。第一段記屈原心有所疑，向鄭詹尹求卜請教。第二段記屈原向鄭詹尹傾訴心中的疑惑，以及他對當時價值觀混淆顛倒的不滿。第三段記鄭詹尹的回答。

有趣的是鄭詹尹所給的答案：照你自己的心意去做吧！占卜之術無法解答你的問題。一個掌管占卜的官員，竟然說出這樣的話來，那不是砸自己的招牌嗎？屈原目的是要求決疑，說了半天卻得到這樣的答覆，那不是白費力氣、多此一舉嗎？

其實，在屈原心中的不是疑惑，而是激憤；他只是藉由問卜，抒發心中的沉痛和不滿。這從文章的第二段可以看出來。

第二段分兩層。首先是由十六個疑問句，兩句一組合成的八個問題。每一個問題，都包含了一正一反、是非對錯完全相反的處世態度。從表面上看，它是屈原心中的疑惑，他不知何去何從，所以問完問題後，接著說：「此孰吉孰凶？何去何從？」但屈原心中其實自有一把尺，接下來的第二層，他直接而嚴厲地批判了「讒人高張，賢士無名」的混濁世道。換句話說，屈原所疑惑的是為何這世道、人心會沉淪到這種地步，而不是疑惑自己的「竭知盡忠」，不是對自己正直善良的人格有所疑惑，有所動搖。

這麼說來，鄭詹尹倒還真正了解屈原；不但了解，更可以說，他對屈原的高潔人格是持肯定態度的。所以，他說「用君之心，行君之意」。

從全文的脈絡來看，那是：心有所疑→傾訴所疑→得到回答。「疑」是全文的核心。但屈原只是藉此酣暢淋漓地傾訴不滿、批判世道；他心中是有所堅持，毫不疑惑的。

問題與討論

一、就本文來看，屈原似乎心有所疑，又似乎心有定見；他的疑惑是什麼？他有何定見？

二、如果你是鄭詹尹，你會如何勸慰屈原？

一二　有所思

佚名

導讀

本詩選自樂府詩集。這是一首漢代流傳下來的民間歌謠，詩中寫一個感情專一而真摯的女子，在聽說男朋友變心之後，內心愛恨交織的複雜反應。

樂府詩集，宋郭茂倩編。全書共一百卷，搜集歷代歌謠，上起唐堯，下至五代，分門別類，加以解說。郭茂倩，鄆州須城（今山東省東平縣）人。曾官翰林學士。

課文與注釋

有所思，乃在大海①南。何用問遺君②？雙珠玳瑁簪③，用玉紹繚④之。聞君有他心⑤，拉雜摧燒之⑥。摧燒之，當風揚其灰。從今以往，勿復相思。相思與君絕！雞鳴狗吠，兄嫂當知之。妃呼狶⑦！秋風肅肅⑧晨風颸⑨，東方須臾高⑩知之。

①大　海　指大江或大湖。海，古人對大範圍內陸水域的通稱。

②何用問遺君　拿什麼來送給你呢。問、遺都是贈送的意思。

③雙珠玳瑁簪　懸有兩顆珠的玳瑁髮簪。玳瑁，龜類，甲光滑可製飾品。

④紹　繚　纏繞。

⑤他　心　二心；異心。

⑥拉雜摧燒之　把它折斷、燒毀。拉，折斷。雜，弄碎。摧，毀壞。之，指「雙珠玳瑁簪」。

⑦妃呼豨　表示歎息聲。

⑧肅　肅　形容風聲強勁。

⑨晨風颸　雉鳥鳴聲怨慕。晨風，雉鳥。颸，「思」的訛字。古人以為雉鳥朝鳴是為了求偶。

⑩高　日出。

賞析

本詩以詩中女子的觀點，透過她的陳述、動作和思緒，表現了她的愛恨糾纏、矛盾痛苦。全詩可分三段。

前五句是第一段。女子追述自己對「君」的深深戀情。女子朝思暮想，而準備送給「君」一份珍貴的禮物；這一份禮物，具體表達了女子的深情和相思。

第六到十二句是第二段。女子因為「聞君有他心」而思緒起伏，心情怨恨。這使得她在這秋天的夜晚，通宵無法入睡。女子心想，既然他已經變了心，那就毀了這份原本寄託著萬縷深情的禮物吧！那就斷了這份日夜縈迴的相思吧！女子這樣激烈的反應，正因為她是那樣熾熱地愛戀著他。

最後五句是第三段。寫女子猶豫不決，最後並沒有毀掉那份禮物。女子之所以猶豫，表面上是怕兄嫂知道此事，其實是因為「君有他心」一事，只是耳「聞」，並未證實；更重要的是她對於這份感情實在割捨不下。因此，她把是否要毀了禮物、斷了相思，往後推遲。

值得注意的是：前兩段一寫從前，一寫今夜。兩段之間，既是對立對比，而又相襯相成。女子的愛是如此地深，恨又是如此地切，這是對立對比。因為從前愛之深，益發顯出如今的恨之切是合情合理的；因為如今的恨之切，更加映襯了從前的愛之深是真摯強烈的。

全詩敘事細膩而生動，層次井然而有條理；而詩中女子的複雜心情，透過自敘、動作，很清楚、很生動地躍然於紙上，而引人同情。

問題與討論

一、本詩中的女子，究竟有沒有毀掉那「雙珠玳瑁簪」？

二、以你的判斷，本詩中女子，是哪一個星座？

一三　孟門山

酈道元

導讀

本文選自水經注卷四河水注。記敘今山西省吉縣西北孟門山的形勢，及黃河流經孟門的雄偉壯闊。

酈道元（西元？——五二七年），字善長，北魏范陽（舊治在今河北省涿縣）人。曾奉詔討賊有功，官御史中尉。後為雍州刺史蕭寶夤所害而死。生平好學博聞，歷覽奇書。著有水經注。

水經本書三卷，記載中國河流水道一百三十七條，舊說以為漢桑欽所著。酈道元替這部書作注時，補充了大量資料，所記河流水道，增至一千二百五十二條，注文較本書文字約多出二十倍。注以水道為綱，描述河流所經地區的地理環境、歷史事跡、風土人情與民間傳說等，內容豐富，可作為研究古代地理的重要參考；而描寫山水景物，則栩栩如生，對後代山水遊記有深遠的影響。

課文與注釋

河水南逕①北屈縣②故城西。西四十里有風山③，上有穴如輪，風氣④蕭瑟⑤，習常⑥不止。當其衝飄⑦也，略無⑧生草。蓋常不定，眾風之門故也。風山西四十里，河南孟門山。山海經⑨曰：「孟門之山，其上多金、玉，其下多黃堊⑩、涅石⑪。」淮南子⑫曰：「龍門⑬未闢，呂梁⑭未鑿，河出孟門之上，大溢逆流，無有丘陵高阜⑮滅⑯之，名曰洪水。大禹疏通，謂之孟門。」故穆天子傳⑰曰：「北登孟門九河⑱之隥⑲。」孟門，即龍門之上口⑳也。實為河之巨阸㉑，兼㉒孟門津㉓之名矣。

此石經始㉔禹鑿，河中漱廣㉕，夾岸崇㉖深，傾崖返捍㉗，巨石臨危，若墜復倚。古之人有言：「水非石鑿，而能入石。」信哉！其中水流交衝，素氣㉘雲浮，往來遙觀者，常若霧露沾人，窺深悸魄㉙。其水尚崩浪㉚萬尋㉛，懸流㉜千丈，渾洪㉝贔怒㉞，鼓若山騰㉟，濬波㊱頹疊㊲，迄於下口㊳。方知慎子㊴下龍門，流浮竹，非駟馬㊵之追也。

①逕（ㄐㄧㄥˋ） 流入。

②北屈縣 縣名。在今山西省吉縣北。

③風山 山名。在今山西省吉縣西北。

④風氣 即「風」。

⑤蕭　瑟　形容風陰冷迅疾。
⑥習　常　經常。
⑦衝　飆　暴風。
⑧略　無　完全沒有。
⑨山海經　書名。十八卷，不知作者。內容包括古代地理、歷史、神話、民族、動植物、礦產、醫藥、宗教等多方面。
⑩黃　堊　黃色石灰質土壤。可作塗料。
⑪涅　石　即黑色礬石。可作染料。
⑫淮南子　書名。漢淮南王劉安集門下士所編撰，凡內篇二十一卷，外篇三十三卷；今僅存內篇。內容大旨以道家為核心，並融合先秦各家學說。

⑬龍　門　龍門山。在今山西省河津縣北。
⑭呂　梁　呂梁山。在今山西省境內。南面與龍門山相接。
⑮高　阜　高山。阜，土山。
⑯滅　消除。
⑰穆天子傳　書名。六卷，不知作者。記周穆王西行故事。
⑱九　河　指古代黃河自孟津而北的九個河道。
⑲隥　險坡。
⑳上　口　指河水的入口。
㉑阸　阻塞。
㉒兼　勝過。
㉓孟門津　在今陝西省宜川縣東南。

㉔經　始　開始。
㉕漱　廣　因沖刷而開闊。漱，沖刷。
㉖崇　高。
㉗捍　支撐。
㉘素　氣　指白色的水氣。
㉙悸　魄　心神驚懼。
㉚崩　浪　奔騰的波浪。崩，奔騰。
㉛萬　尋　形容其高。古代八尺為一尋。
㉜懸　流　自上下注的流水。

㉝渾　洪　渾濁的大浪。
㉞贔怒　大怒。形容水勢浩大。贔，盛大。
㉟鼓若山騰　鼓蕩如山勢騰起。
㊱濬　波　深波。濬，深。
㊲頹　疊　形容波濤堆疊的樣子。
㊳下　口　指河水的出口。
㊴慎　子　慎到。戰國周人。法家代表人物之一，著有慎子。
㊵駟　馬　指用四匹馬所拉的馬車。

賞析

本文可分三段。第一段寫風山，側重在描寫山上風勢的強勁。第二段記孟門山的位置、地質、來歷；「巨阸」一詞，為下一段寫河水的奔瀉預做鋪墊。第三段寫河水，是本文的重心。先寫山石的奇特形狀；落筆寫的是山形的奇險，用意卻在於暗示水勢的奔流激盪，因為山石形狀本是河水長年沖刷所造成的。其次寫水氣氤氳，如雲浮動，如霧露沾人，使人更覺河水的深廣不可測度。最後寫黃河奔騰而過孟門的動態之美。有聲音，震耳欲聾；有氣勢，排山倒海；有線條，層浪疊起；有速度，駟馬不追。

黃河流經龍門的一段，最為奇險。奇險的山勢，激起奔湧的水流。本文具體呈現了這一段山水的雄偉壯闊之美。

問題與討論

一、本文第二段，引山海經及淮南子，各在說明什麼？

二、本文第三段，先寫山石，其次寫河水，其重心究竟何在？

一四　摸魚兒

辛棄疾

導讀

本詞選自全宋詞。南宋孝宗淳熙六年（西元一一七九年），辛棄疾由湖北轉運副使，調任湖南轉運副使；就官職而言，這是平調，並沒有升降的問題，但辛棄疾是一個力主抗金，積極想要帶兵作戰，收復失地的愛國者，長期以來，擔任錢糧徵收運送的後勤官職，讓他感到鬱抑，感到有志難伸。因此，在同官王正之設宴餞別時，填了這一首詞，抒發他對國家前途的憂心，以及長期失意，被當權者壓抑的悲憤心情。

摸魚兒，詞牌名。所謂詞牌，就是填詞時所依據的樂譜。每一個詞牌，都規定了一定的音律節拍，包括片（闋）數、句數、字數、平仄、用韻等。由於不同作者都可以使用同一詞牌，表達各自不同的情意，因此，有的作者就在詞牌之外另加題目或序文，來表示自己的寫作意旨或緣起。辛棄疾這首詞裡，從「淳熙己亥」到「為賦」一小段文字，就是用來說明本詞的創作緣起，可稱為「序」，而不是詞作本身。

辛棄疾（西元一一四〇——一二〇七年），字幼安，號稼軒，南宋歷城（今山東省濟南市）人。出生時歷城陷入金人之手已十多年，他在淪陷區長大，目睹異族的氣燄，常懷報國殺敵的熱忱。二十三歲，率領義軍上萬人，由山東南奔歸宋，歷任安撫使、轉運副使等官職。由於力主抗金，與南宋朝廷的妥協政策不合，一直不受重用，南歸後的四十餘年間，退職鄉居達二十年之久。這種委屈和不得志的鬱悒，表現為悲壯激烈的豪放詞風。後世常以「蘇辛」並稱，為宋代豪放詞風的兩大代表作家之一。著有稼軒長短句。

課文與注釋

淳熙己亥①，自湖北漕②移湖南，同官王正之③置酒小山亭④，為賦。

更能消⑤、幾番風雨，匆匆春又歸去。惜春長怕花開早，何況落紅⑥無數。春且住！見說道⑦、天涯芳草無歸路。怨春不語，算只有殷勤，畫簷蛛網，盡日⑧惹飛絮。　長門事⑨，準擬⑩佳期又誤，蛾眉⑪曾有人妬。千金縱買相如賦，脈脈此情誰訴？君莫舞！君不見、玉環飛燕⑫皆塵土。閒愁最苦，休去倚危闌⑬，斜陽正在，煙柳斷腸處。

①淳熙己亥　即南宋孝宗淳熙六年。

②湖北漕（ㄘㄠˊ）　指湖北轉運副使的官職。漕，轉運司的簡稱，掌錢糧徵收和運送。

③王正之　名正己，宋鄞（今浙江省鄞縣）人。時與辛棄疾同任湖北轉運副使。

④小山亭　亭名。在湖北轉運司衙門內。

⑤消　　禁得起。

⑥落　紅　落花。

⑦見說道　聽說。

⑧盡　日　整天。

⑨長門事　相傳陳皇后因為妒嫉，被漢武帝貶入長門宮，於是以黃金百斤的酬勞，請司馬相如寫了一篇長門賦獻給漢武帝，因而再度得到寵幸。

⑩準　擬　預期。

⑪蛾　眉　指美人。

⑫玉環飛燕　泛指嫉妒賢者的小人。玉環，唐玄宗所寵愛的楊貴妃。飛燕，漢成帝的皇后趙飛燕。

⑬危　闌　高樓上的欄杆。危，高。

賞析

這首詞分上下兩片，上片用象徵手法表達自己對國家前途的憂心，和挽回國家頹勢的希望；下片用漢武帝陳皇后以及楊貴妃、趙飛燕的典故，抒發自己在當權者壓抑之下的苦悶和激憤。

上片首先鋪寫殘春景象：風風雨雨，落紅無數。這一景象，既象徵南宋王朝的風雨飄搖，也透露了作者年華流逝、時光蹉跎的感慨。面對殘春，作者產生惜春、留春的心情，只可惜，春依舊不語，依舊逐日遠去；而自己的這一番心情，不正如畫簷下的蜘蛛，雖然殷勤結網，卻無力留春，只能網住春光遠去所留下的飛絮。

下片以漢武帝陳皇后比喻自己，以楊玉環、趙飛燕比喻得寵而嫉妒賢者的小人。說自己就像被貶入長門宮的陳皇后，全因小人的嫉妒讒害。但陳皇后還能藉由司馬相如的長門賦，再度獲得寵幸，自己卻在小人的壓抑下，無法傾訴滿腔的憂國報國之心。結尾的斜陽、煙柳，襯托出投閒置散、報國無門的悲憤，寓情於景，令人油然而與作者同感戚苦。

整首詞或象徵，或用典，文字顯得委婉含蓄，但情感卻是非常激烈；或寫景，或抒情，交互運用，使景物中沾染了作者情感，作者情感因景物而更形深刻感人，可以說是情景交融的詞中傑作。

問題與討論

一、「畫簷蛛網，盡日惹飛絮」，這兩句詞透露出作者怎樣的心境？

二、所謂「長門事」，作者借此典故表達怎樣的心境？

一五　蛇虎告語

屠本畯

導讀

本文選自艾子外語。用寓言故事的方式，記敘憑虎而行的蛇，本性難移、得意忘形，竟企圖纏住老虎，對老虎不利，以致被老虎摔成兩段而死。主旨在告誡世俗小人，不要因為一時的虛榮，依附權勢而妄自尊大，否則，必然招致災禍而身敗名裂。

屠本畯，字田叔，明末浙江鄞縣（今浙江省寧波市）人，生卒年不詳。曾任辰州知府。著有艾子外語、憨子雜俎。

課文與注釋

東蒙山①中人喧傳②虎來。艾子③采茗④，從壁上觀⑤。

聞蛇告虎曰：「君出而人民辟易⑥，禽獸奔駭⑦，勢烜赫⑧哉！余出而免人踐踏，已為厚幸。欲憑藉寵靈⑨，光輝山岳，何道⑩而可？」虎曰：「憑⑪余軀以行，可耳。」蛇於是憑虎行。

未數里，蛇性不馴。虎被緊纏，負隅⑫聳躍，蛇分二段。蛇怒曰：「憑得片時，害卻⑬一生，冤哉！」虎曰：「不如是，幾⑭被纏殺！」

艾子曰：「倚勢作威，榮施一時⑮，終獲後災，戒之！」

①東蒙山　即蒙山。在今山東省蒙陰縣南。
②喧傳　傳揚消息。喧，大聲說話。
③艾子　寓言中的虛構人物。
④采茗　採茶。采，「採」的本字。
⑤壁上觀　在旁邊觀看。史記項羽本紀：「諸將皆從壁上觀。」意思是項羽攻擊秦軍，別的將領都袖手旁觀而不加幫助。壁，軍營圍牆或防禦工事。

⑥辟易　退避。辟，通「避」。
⑦奔駭　四散奔逃。駭，散開。
⑧烜赫　聲威盛大。烜，顯著。
⑨憑藉寵靈　藉助您的恩寵威靈。
⑩道　方法。
⑪憑　依附。下文「憑虎行」、「憑得片時」，同。
⑫負隅　憑藉險要地勢。隅，通「嵎」。地勢

險要處。

⑬害卻　害了。卻，助詞。

⑭幾ㄐㄧ　幾乎。

⑮榮施一時　獲得短時間的榮耀。施，行。

賞析

在這個寓言故事裡，相對於虎的威勢，蛇呈現的是畏畏縮縮的形象。我們可以想見，憑虎以行的蛇，必然是消褪了平日遭人踐踏的自卑，獲得「光輝山岳」的榮耀。但牠忘卻這榮耀的根源來自於虎的「寵靈」，以致於忘恩負義，至死不悟，可說是咎由自取，怨不得人。這正是作者告誡世俗小人的旨意所在。

但是，作為讀者，我們仍擁有相當廣闊的空間，對這一個故事進行聯想性質的詮釋。當虎對蛇說「憑余軀以行，可耳」時，牠充滿自信，要將榮耀與蛇分享；當虎「負隅聳躍」將蛇摔死時，牠運用自己威力，很果斷地將依附在身上的禍害強力排除掉。

如果蛇能安於自己的生命形態，不企求分外的榮耀，能珍惜這外加的榮耀而不得意忘形，牠或許能安享其天年；如果虎一開始就拒絕讓蛇依附以行，就不會險遭被纏殺的後果。天生萬物，各有其一片天啊！同一故事，各人的聯想或詮釋，原本不同，不必強求一致。對於本文，你當然也可以有自己的領悟。

問題與討論

一、原本講好蛇憑虎而行，為什麼最後虎會置蛇於死地？

二、這則寓言故事的寓意是什麼？

一六　在想像的部落

瓦歷斯・諾幹

導讀

本詩選自伊能再踏查。作者藉由想像，描繪本民族原始部落生活和諧、歡樂與富足的圖像。

瓦歷斯・諾幹（西元一九六一——　），漢名吳俊傑，臺中市人。省立臺中師專畢業（今臺中教育大學），曾任教於國民小學。瓦歷斯・諾幹是泰雅族作家，除了教學、寫作，也長期致力於原住民文化重建工作。作品涵蓋詩、散文、報導文學、評論等，曾多次獲得國內各大文學獎。著有伊能再踏查、荒野的呼喚、想念族人、戴墨鏡的灰鼠、番人之眼、永遠的部落等。

課文與注釋

那時，我們又重回到歷史的起點
天還未明，島嶼仍在沉睡

有麋鹿遠來憩息，垂首飲水
部落的草舍有釀米酒的香味
圍場上竹竿高高擎起
長老安坐上席等待祭典
孩童還在模仿獵人的行止
在場外彷彿追趕憤怒的山豬
空氣沉穩地盪漾靜穆的顏彩
只要第一支祭舞奮起
秋天我們將有豐美的收穫

那時，我們又回到島嶼的起點
溪流活潑地降下山谷
平原仍舊有翠綠的草地
誰也看不到熾烈的烽火

族人敬重典律與祭典
夫婦嚴守親愛的真義
長輩當如沉穩的山脈
我們有簡單而樸素的律則
宛如森林裡四季的遞變
尊重大自然的心靈
肯定溫和而復有情愛

我們又重回到愛的起點
叢林上演的弱肉強食
使族人慢慢摸索相互敬重
唯有疼惜自己的同胞
內心才充溢無可言喻的喜樂
陽光無私地散放光芒

月亮溫柔地照見黑夜
只有坦誠的相交相往
族人的繁衍才能更見茁壯
春天的聲音在山林間迴盪
過不久，雨水就要滋潤部落

賞析

本詩分三節。第一節「回到歷史的起點」，意味著本詩是描述祖先最初的生活樣貌。部落中安坐上席等待祭典的長老，與模仿獵人奔跑追逐的孩童，共同構築成一幅「靜」與「動」、「肅穆」與「天真」兩相對照的部落安樂圖像。加上「有麞鹿遠來憩息，垂首飲水」的生動視覺畫面、「米酒香」的嗅覺描寫，「祭舞奮起」後「將有豐美的收穫」的信心，交織呈現出安詳與富足的氛圍。第二節先強化對自然景物的描寫：從山谷降下的溪流、充滿翠綠草地的平原，顯示族人與自然的和諧共存。接著是族人生活的敘述：遠離烽火、典律與祭典受到敬重、夫婦親愛、長輩沉穩如山脈。這種「溫和而復有情愛」的人間，正如森林四季遞變的自然輪迴。第三節，重點是描述族人的互相敬重與疼惜，這是來自叢林中弱肉強食的啟示。作者以陽光、月亮、山林、雨水等自然意象，鋪衍族人學會相互珍愛的過程，既切題又動人。

全詩將自然世界與部落意象，作了極佳的融合，從而適切地表現主題，突出效果。來自深刻的我族文化認同，與豐富的創作經驗，使作者擅長表現臺灣原住民文化的特色、刻劃原住民生活的情境與氛圍，這是一般非原住民寫作者無法達到的境界。

問題與討論

一、本詩題目是「在想像的部落」，這顯然不是目前的現實；作者這樣的想像，意味著什麼呢？

二、作者說「回到歷史的起點」，在那「起點」裡，作者構築了什麼樣的生活樣貌呢？

一七　遺物

吳晟

導讀

本文選自不如相忘。追憶父親去世後，遺物逐漸失去，而子女又無法深刻了解他對父親的懷念，以抒發世事滄桑的感慨。

吳晟（西元一九四四——　），本名吳勝雄，彰化縣人。省立屏東農專（今屏東科技大學）畜牧科畢業，曾任教國民中學，並從事農耕，現已從教職退休。他是當代著名的鄉土文學作家，詩文一貫以樸實淺白的文字，描寫臺灣的農村、農民，充滿泥土的芳香氣息。著有詩集飄搖裏、吾鄉印象，散文集不如相忘、農婦、店仔頭等多種。

課文與注釋

臺灣鄉間一般住家的廳堂，都會供奉神座，並設有祖先的靈牌位，逢年過節燒香祀拜，即俗謂拜公媽①。祖先靈牌位旁，通常還掛著一、二幀②去世不久的先人遺像。

按照這樣普遍的習俗，父親去世，家人選一張父親生前的相片加以放大，裝在相框，祭奠出殯後，本該懸掛在廳堂靈位旁，母親卻將相框收進房間內。

我曾向母親提議，為何不將父親的遺像掛在廳堂，母親默不作聲，不予理會。

隔了數年，返鄉教書之初，偶然拉開母親的抽屜尋找東西，發現父親的遺照已經泛黃，再次提議母親拿去照相館重新修飾、放大，並懸掛在廳堂。母親淡淡的說：「真正會想念的，不必看到相片也會想念；不認得的，只看相片也無用。」

我一直不能理解母親的心情。而今歷經更多人世滄桑③、人情冷暖，才逐漸有些微體會。

就如我對祖父母沒有任何印象，因而逢年過節祭拜祖先時，只有虔敬之心，卻喚不起思念之情，也無悲傷之意；當我帶領子女祭拜父親，他們對阿公又有多少如我這般深刻的追念呢？

父親只是為窮困生活奔波一生的鄉野村民，既無顯赫家世可以留傳，也無輝煌傳奇可供談論。但對我而言，卻有無數值得懷念的事跡，尤其是我們現在居住的家園，是父親和母親壯年時辛苦建造而成，處處和父親有牽連，更容易隨時觸動深深的想念。

平日我常不自覺的向子女提起父親生前一些言行作為，以及如何教導我。不過，我是感觸良深，而子女似無多少感動。連我自己的子女，對阿公都感覺那麼遙遠，何況是往後的子孫呢？父親的事跡，必然只在我們這一代的親人還偶然會提起吧？那麼，父親的遺像即使掛在廳堂，又能留存多久呢？

父親去世之時，我剛就讀專科一年級，年輕得只顧編織自己的夢想世界，不懂得將父親的遺物好好整理、保存、留供紀念，以致大都已散失，每一思及時常深感懊悔。其實，父親的生活刻苦簡樸，遺留的不過是些日常用品，就算保存了下來，又能留存多久年月呢？

然而，父親的每一樣遺物，畢竟都聯繫著我許許多多的回憶啊！

父親生前任職於本鄉農會④，從我家到街上⑤農會辦公廳，約四、五公里遠，父親每天騎著一部二八寸高的腳踏車上下班，騎了二十多年，那時機車已逐漸流行，不少親友都勸父親年歲大了不必再那麼辛苦，建議父親改騎機車，比較輕鬆方便，幾經親友好意慫恿⑥，便和同事一起辦理分期付款購買了一部小型機車，不料改騎機車才二個多月，便發生車禍。

父親既因為機車發生車禍而喪生，機車是母親難以釋懷的夢魘⑦，當然不可能再將機車牽回家，立即轉售給機車行。這是父親的遺物中，最先失去的吧。

我和妻返鄉教書之後，母親非常堅持不允准我們騎機車，很多年時間，我們只得騎腳踏車上下班，雖然很不方便，卻不敢違逆。

父親騎了二、三十年的那部腳踏車，已頗為老舊，但仍結實好騎，這是陪伴父親走過後半生鄉間艱辛道路的工具。我們都很珍惜而善加保養，只可惜隔了二年，弟弟上了高中後，寄宿在外，將這部腳踏車帶去，只騎了幾個月便遭竊遺失，我們都惋惜不已，有很深的失落之感，大大責備弟弟不小心。

父親的遺物，大都是因為我們的疏失，或重新整修住家而在無意中遺失，唯有父親的衣物，是經考慮後才拿去送人的。

在各項物質那樣匱乏的年代裡，父親因在農會上班，倒是也有幾件較體面的西裝、襯衫，但都不適合我們穿，放置了一、二年後，大嫂便清理出來，一部分送給其他親戚，大部分送給六叔。

六叔家境較困苦，父親生前本就很照顧他，他們親兄弟感情一向很好，體型也差不多，而且六叔長年出外做油漆工，經常在城市和鄉間來來去去，有必要多幾件耐穿而稍微過得去的衣物，因此，父親大部分的衣服送給六叔，是最適當吧。

不過，另有幾件父親在日據時代當警察時留下來的制服，母親說那是質料特別好的呢絨⑧，捨不得送人，便修改為較小的外套，讓弟弟穿，弟弟也很喜歡，一到秋冬季節，幾乎天天不離身，但因寄宿在外搬來搬去，待我們發覺這幾件外套竟然不見，已不知遺失多少時日了。

一般鄉間農民，一生中大都很少照過相，但父親算是「有出社會⑨」的地方人士，因此留下了一些相片，我們一一收集起來，貼在一本相簿裡，偶爾拿出來端詳⑩一番，從每一張相片的背景，揣想⑪父親當年的社會活動、生活情況；從每一張相片的神態，懷想父親當年的音容言行。我們兄弟姊妹一致認為，父親年輕時候的相片，真是英姿煥發，非常好看；中年時期的相片，則一如平日實際生活中那般耿直而有威儀，又自然流露出無比的可親。

只是這些相片因年代久遠，都已泛黃、泛白而顯得模糊。而且，兄弟姊妹都長年定居在外，只我留在家裡，很少有機會一起翻看並談論這些相片。偶有閒暇也曾多次找出來，一面指給子女看，一面講述父親生前的言行事跡，子女常會一知半解地追問一些問題。我儘管刻意以輕鬆的態度口氣來談，談著談著，總會忍不住湧起難以掩飾的深深感傷。如今連我也久已不常拿出這些相片來看了。

數年前，替父親「撿金」——即挖開父親墳墓，撿出遺骨裝進「金斗甕⑫」，供入靈骨塔⑬內。因遺骨還有些潮溼，需曝曬乾後才能處理。為了防止野狗咬走，連續數日，我在墳場顧守著這些遺骨，思潮翻湧，感慨至深。

其實，保留這些遺骨有何意義，時代變遷，還不是散失無蹤？如母親所說：真正會想念的，不必看到相片也會時常想念；不認得的，只看相片也無用。然而，父親的遺物，縱然只是些日常用品，畢竟都聯繫著我深深的追念，明知不可能留存久遠，總是不忍輕易拋棄；一旦散失，回想起來總是深感惋惜啊！

①公　媽　臺語。指祖先。公，指男性祖先。媽，指女性祖先。

②幀（ㄓㄥ）　計算圖畫、相片的量詞。

③滄　桑　「滄海桑田」的省略。比喻世事變

化巨大。

④農會　為發展農村經濟、增進農民利益而成立的人民團體。

⑤街上　臺語。指鄉鎮的中心、繁榮地區。

⑥慫恿　鼓動。

⑦夢魘（ㄧㄢˇ）　惡夢。

⑧呢絨　毛織物的一種。

⑨有出社會　臺語。指在社會上做事，見過世面。

⑩端詳　仔細地看。

⑪揣（ㄔㄨㄞˇ）想　猜測。

⑫金斗甕　裝骨骸的陶甕。

⑬靈骨塔　專供安置骨骸的建築物。

賞析

其實作者也知道：先人的遺物，終究是會散失的。所以說「就算保存了下來，又能留存多久年月呢」。作者之所以不捨，是因為「父親的每一樣遺物，畢竟都聯繫著我許許多多的回憶啊」。然而作者的子女並沒有他這樣的心情，作者的母親也說：「真正會想念的，不必看到相片也會想念；不認得的，只看相片也無用。」世代的間隔，使得子女對阿公的感覺遙遠、情感疏淡；人事的閱歷，則使得母親對丈夫的想念，深沉而內斂。人情之常。

一家之中，三代之間，對於同一個人的遺物，感受竟然這樣的懸殊，令人既慨嘆，而又不能不承認那是睹物可以思人，遺物成為追念的媒介或象徵，這樣的精神意義是值得肯定的，並且它也使人倫關係充滿著關懷和溫馨。但追念僅止於睹物時才有嗎？它只是內心深處揮之不去的傷痛嗎？或者是應該把對亡者的追思感念轉化為對生者的關愛呢？這一篇文字樸素而情感真誠的散文，它顯現了人倫親情，同時也潛藏著對於人倫親情之終極意義的深刻思考，能發人深省。

問題與討論

一、本文所說的「遺物」，包括了哪些？

二、先人遺物終有散失的一天，作者雖然明知這一事實，而仍深感惋惜，這是為什麼？

一八　自用車時代

鍾肇政

導　讀

本文選自極短篇。故事中的黃太太，坐著嶄新的轎車去購買禮物，商店老闆誤以為她是車主而極力巴結，最後由黃太太的小女兒的無心之語，揭開了事實。寫作旨趣在於批判拜金的社會風氣。

鍾肇政（西元一九二五——　），桃園市人。日據時期彰化青年師範學校（今彰化師範大學）畢業，任教於國小，並曾任東吳大學東語系講師。退休後，專事寫作。鍾肇政光復後才開始學習中文，投入創作。曾主編台灣文藝、民眾日報副刊，得過國家文藝獎特別貢獻獎等無數獎項。其作品以小說為主，並積極翻譯日據時代臺灣作家的作品。著有濁流三部曲、臺灣人三部曲等長篇小說二十三部，及短篇小說、散文集多種。

課文與注釋

「你真會還價，好吧，就二百五十塊！」

黃太太心裡很不好意思這樣子還價，但老闆總算同意了。那是要送給房東葉太太的禮物，房東太太第一次做外婆，一件過得去的娃娃衫是少不了的。

銀貨兩訖之後，黃太太捨不得離去，於是她便把漂亮的禮盒交給身邊的小女兒，吩咐她先送到車上。小女孩眉開顏笑地抱著它走出去。

當老闆看到小女孩把禮盒從停在店門口不遠處的一輛嶄新轎車的窗口放進去時，驚奇地瞪圓了眼睛。

「太太，那是您的車子？」

黃太太一時不曉得怎麼答，但覺心口猛地一跳。

「真是漂亮的車子。太太，您還要什麼？我們一定優待。特別優待。」

「嗯……隨便看看。」

「是，您慢慢看，我們這裡樣樣都有。太太，那是德福牌閃電五號是不是？聽說目前就這一型的最好。您可真會買喔。」老闆不住地側過頭，把發亮的眼光投射出去。

「太太，聽說這一型的漲價啦，要二十八……二十九萬是不是？」

「差不多。」黃太太心口又一跳，臉上發熱。

「那位是您公子嗎？」老闆向車上前座使了個眼色。
黃太太邊瀏覽邊搖了搖頭。
「唷，那麼是司機囉。嗯，我是說司機先生。」
「……」
小女孩跑進來了。
「媽，葉媽媽的司機請你快點，說葉媽媽馬上要用車，問媽買好了沒？」
「好啦好啦。」
黃太太急忙收回眼光，拉著小女孩的手走出去。

賞析

「誤會」是構成這篇小說的基本元素，作者把它安排得很合理。

小女孩既然把禮物放進那輛嶄新的轎車，那麼，她的母親黃太太當然是車主，何況她也沒有否認。買得起這麼高價車子的人，家裡一定很富有，這樣的顧客，哪能不巴結討好呢？小說裡商店老闆，在商言商，他的一連串反應是合理的。

黃太太看來是個老實人，她不好意思說車子是別人的；面對老闆連珠炮式的巴結，她又不知如何回應。

於是她心口猛跳，臉上發熱。如果不是女兒進來催促，那尷尬還不知如何處理呢。小說裡的黃太太，也寫得入情入理。

但種種合理，說穿了卻是由於「誤會」而造成，如果不是小女孩，事情就不知如何得了了。小女孩在小說裡，是個關鍵人物，誤會由她開啟，也由她結束。她是在誤會之外的人，卻是小說裡不可或缺的。

作者把這單一時空、單一事件，客觀地鋪陳出來，不加一點情感成分，也沒有任何評論的語氣，但對照小說題目「自用車時代」，那批判諷刺的意味，卻是可以體會嗅得出的。

問題與討論

一、小說裡的老闆，為什麼要巴結黃太太？而黃太太又為什麼不表明自己不是車主呢？

二、小說裡的小女孩，扮演什麼角色？發揮什麼作用？

一九　大丈夫

孟軻

導讀

本文選自孟子滕文公下。主旨在闡述對於「大丈夫」的觀念。孟子認為必須以仁存心、以禮處世、以義行事，不因富貴、貧賤、威武而改變，才是真正的大丈夫。

孟軻（約西元前三八九年——約西元前三〇五年），戰國時代鄒（今山東省鄒縣）人，世人尊稱為孟子。孟子早年喪父，由母親教養成人。曾受業於孔子之孫子思的門人，以繼承孔子學說自任，授徒講學、周遊列國。後因見主張不能實現，於是歸而著書立說，成孟子七篇。

孟子一書，以性善說為核心。在個人修養方面，強調擴充天賦的良知，追求聖賢的境界；在政治方面，主張施行仁政，強調民貴君輕。這些，對後代儒家學者都有深遠的影響。

課文與注釋

景春①曰：「公孫衍②、張儀③，豈不誠大丈夫哉？一怒而諸侯懼，安居而天下熄④。」

孟子曰：「是焉得為大丈夫乎？子未學禮乎？丈夫⑤之冠⑥也，父命⑦之。女子之嫁也，母命之，往送之門，戒之曰：『往之女家⑧，必敬必戒，無違夫子⑨。』以順為正者，妾婦之道也。居天下之廣居⑩，立天下之正位⑪，行天下之大道⑫；得志與民由之⑬，不得志獨行其道；富貴不能淫⑭，貧賤不能移，威武不能屈，此之謂大丈夫！」

①景春　戰國人。研究縱橫術。

②公孫衍　戰國魏人。縱橫家。曾仕魏、秦，又曾佩五國相印。

③張儀　戰國魏人。縱橫家。曾為秦相，以連橫之說說服六國，使六國事秦。後赴魏，為魏相。

④熄　戰火止息。

⑤丈夫　古代成年男子的通稱。

⑥冠　舉行加冠禮。古代男子二十歲而成年，舉行加冠禮。

⑦命　教導。

⑧女家　妳家。指出嫁女子的夫家。古代女子以夫家為歸宿。女，通「汝」。

⑨夫子　古代女子對丈夫的尊稱。

⑩廣居　寬廣的住宅。這裡指以仁存心。

⑪正位　正確的位置。這裡指以禮處世。

⑫大　道　光明的大路。這裡指以義行事。
⑬與民由之　與人民一起遵行正道。由，遵行。
⑭淫　亂。

賞析

公孫衍、張儀都是戰國時代成功的縱橫家，他們是不是大丈夫？

從景春的觀點，具有「一怒而諸侯懼，安居而天下熄」的威勢，這樣的縱橫捭闔，這樣的叱咤風雲，公孫衍和張儀當然是男人中的男人——大丈夫。

從孟子的觀點，公孫衍、張儀的威勢，得自君王，他們必須先順從君王意志，取得君王的歡心和信任，才能狐假虎威，實現個人意志；這是「妾婦之道」，並不是什麼大丈夫。並且縱橫家的人生目標，只在個人慾望的滿足，境界不高，胸襟不廣，孜孜為利，貽害蒼生，所以他們不是大丈夫。

孟子心目中的大丈夫，必須是有高尚的道德情操，有耿介的處世原則，有為有守，以天下蒼生的福祉為念，「富貴不能淫，貧賤不能移，威武不能屈」。

景春和孟子的差異，顯現了縱橫家和儒家的人生目標有高有低。縱橫家是從群體中取個人的利益，儒家是為群體創造利益，並在這創造中完成自己的生命價值。

問題與討論

一、景春和孟子對於「大丈夫」的看法有何不同？

二、你心目中的「大丈夫」是什麼？

二〇 復恩

劉向

導讀

本文選自說苑。記敘春秋時代楚莊王能寬容臣下一時的小過失，終於獲得臣下拚死作戰，打敗晉軍的回報。文章主旨在於透過這個故事，證明「有陰德者必有陽報」。

劉向（西元前七七——西元前六年），字子政，漢沛（今江蘇省沛縣）人。漢成帝時，曾領校中祕書籍。每校一書完畢，即條列其篇目，綜述其旨意，奏報給皇帝，成別錄一書，是中國目錄學的最早著作。著作現存的有列女傳、新序、說苑等。

說苑一書共二十卷，分類纂輯先秦到漢代的軼聞瑣事，發表議論，闡發興亡成敗的道理。

課文與注釋

楚莊王①賜群臣酒。日暮，酒酣②，燈燭滅，乃有人引③美人之衣者。美人援④絕其冠纓⑤，告王曰：「今者燭滅，有引妾衣者。妾援得其冠纓持之。趣⑥火來上，視絕纓者！」王曰：「賜人酒，使醉失禮，奈何欲顯婦人之節而辱士乎！」乃命左右曰：「今日與寡人飲，不絕冠纓者不懽⑦。」群臣百有餘人，皆絕去其冠纓而上火，卒盡懽而罷。

居⑧三年，晉與楚戰，有一臣常在前，五合五奮，首卻敵⑨，卒得勝之。莊王怪而問曰：「寡人德薄，又未嘗異⑩子，子何故出死⑪不疑如是？」對曰：「臣當死！往者⑫醉失禮，王隱忍不加誅⑬也。臣終不敢以蔭蔽之德⑭而不顯報王也，常願肝腦塗地，用頸血湔⑮敵久矣！臣乃夜絕纓者也！」遂敗晉軍，楚得以強。

此有陰德者必有陽報⑯也。

①楚莊王　春秋時代楚國的國君。名侶，在位二十三年。

②酣(ㄏㄢ)　酒喝得很盡興。

③引　拉。

④援　拉。

⑤纓(ㄧㄥ)　帽帶。

⑥趣(ㄘㄨˋ)　急速。

⑦懽　同「歡」。

⑧居　經過；過了。

⑨五合五奮二句　五次交戰，都奮勇爭先，擊退

敵軍。合，兩軍交戰。首，首先。

卻，擊退。

⑩異　特別的對待。

⑪出死　奉獻生命；捨命。

⑫往者　從前。

⑬誅　處罰。

⑭蔭蔽之德　即陰德。不為人知的善行。

⑮湔ㄐㄧㄢ　濺灑。

⑯陽報　顯著的報應。

賞析

本文可以分成三段。第一段記敘楚莊王有「陰德」的事。楚莊王臣下在宴會中有失禮的舉動，但他不追查而寬恕了那臣下。第二段記那失禮的臣下，在一次楚晉交戰中，拚死力作戰，立下戰功。由於前面楚莊王的寬容，是在不知何人失禮的情況下，所以叫做「陰德」，而臣下拚死回報，卻是在眾人周知的情況下，所以叫「陽報」。從第二段臣下在戰後所說的話，可見他的確是感恩圖報。於是「有陰德者必有陽報」的主旨，就在最後一段出現，總結了作者記這一個故事的用意之所在。

用一個故事，說明一個道理，這就是本文的文章作法，可以提供我們寫作的參考。

至於故事內容，所顯示的意義是：楚莊王能原諒他人一時的過失，這當然是一種美德，因為「人非聖賢，孰能無過」？「得饒人處且饒人」！酒醉失禮的那個臣下，在往後英勇的作戰行動中，顯示了他是一個知恩圖報的人，更顯示了他是一個能知錯、能補過的人，也是相當難得的。

問題與討論

一、楚莊王為什麼要宴飲的群臣扯斷冠纓？

二、那個酒後亂性的臣子，三年後以拚死殺敵相報，並且坦承自己當年的過失，你對他有什麼看法？

二一　蝜蝂傳

柳宗元

導讀

本文選自柳河東集。蝜蝂是一種小蟲，也寫作「負版」。這種小蟲很能背負東西，因為這種習性，往往導致負擔過重，墜地而死。文章主旨，即在藉蝜蝂的悲劇，告誡世上做官的人，不要因為貪圖高官厚祿而招致禍害危險。不然的話，名義上是人，而智力卻如同蝜蝂，那是非常可悲的。

唐順宗永貞元年（西元八〇五年），柳宗元參與政治改革運動，失敗後被貶為永州（治所在今湖南省零陵縣）司馬，前後十年之久，本文即作於這一段期間，可說是有感而發，並非空談之作。

柳宗元（西元七七三——八一九年），字子厚，唐河東解縣（今山西省解虞縣。解，音ㄒㄧㄝˋ）人。世稱柳河東；曾任柳州刺史，卒於任上，又稱柳柳州。柳宗元是中唐重要的詩文大家、文壇領袖，與韓愈齊名，同為中唐古文運動的倡導者，並稱「韓柳」，又同列名唐宋古文八大家。古文作品以山水遊記、寓言短文，最被稱道。著有柳河東集。

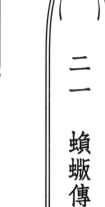

課文與注釋

蝜蝂者，善負①小蟲也。行，遇物輒②持取，卬③其首負之。背愈重，雖困劇④，不止也。其背甚澀，物積因不散。卒躓仆⑤，不能起。人或憐之，為去其負。苟能行，又持取如故。又好上高，極其力不已，至墜地死。

今世之嗜取者，遇貨⑥不避，以厚其室⑦，不知為己累也，唯恐其不積⑧；及其怠而躓⑨也，黜棄⑩之，遷徙⑪之，亦以⑫病矣。苟能起⑬，又不艾⑭，日思高其位，大其祿，而貪取滋甚⑮，以近於危墜，觀前之死亡不知戒。雖其形魁然⑯大者也，其名人也，而智則小蟲也，亦足哀夫！

①負　揹（ㄅㄟ）東西。下文「背愈重」的「背」字，與此同義。

②輒　就。

③卬（ㄧㄤˇ）　「仰」的古字。抬起頭。

④困劇　非常辛苦。

⑤躓（ㄓˋ）仆（ㄆㄨ）　趴伏在地。

⑥貨　財物。

⑦厚其室　使自己家產富裕。

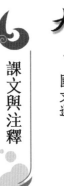

⑧積　累積。這裡是指財富累積。
⑨怠而躓　指面臨官場上危險、不順的情況。怠，危險。躓，不順利。
⑩黜棄　解除官職。
⑪遷徙　流放到邊遠地區。
⑫以　通「已」。非常地。
⑬起　指再度任官。
⑭艾　停止。
⑮滋甚　更加厲害。
⑯魁然　高大的樣子。

賞析

本文表面上是為蝜蝂作「傳」，其實是一篇寓言，旨在藉蝜蝂來告誡世間的貪官。文章短小精悍，一針見血，體現了柳宗元寓言作品的一貫特色。

全文可分兩段，兩段之間，形成一種賓主、類比的關係。第一段寫蝜蝂很能背負東西的習性，和最終導致墜地而死的命運。這一段是賓，是次要的。它的作用在於先刻劃出一個貪婪的形象，以引出下一段，並形成相互近似的類比。雖然是賓，是次要的，但藉由這一段，才能襯托出下一段所要告誡的主題。這就是所謂「藉賓形主」的表現手法，藉由次要事物凸顯主要事物，讓作者所要傳達的意思，更為明顯而生動。

第二段寫世間貪官，只追求財富的累積，而忘了這樣的貪婪不法，其實潛藏著莫大的危機，甚至會招致死亡的下場。藉由前面一段的事先鋪寫，讀者可以將這些貪官聯想到那同樣貪得無厭的小蟲，獲得相當深刻的理解，並且與作者同感貪官的可悲和可憐。

這一篇寓言短文，有它相當具體的時代針對性，那就是中唐時代結黨營私、貪贓不法的官場風氣。但貪婪是人類共通的劣根性，不僅是做官的人會如此，一般人也會有這個毛病；從這個角度來看，這個寓言的針砭告誡，又有它的普遍性了。

問題與討論

一、本文兩段之間有什麼關係？

二、你會不會同情文中的蝜蝂？為什麼？

二二　賣炭翁

白居易

導讀

本詩選自白氏長慶集。這首詩，白居易自己注說：「苦宮市也。」詩中透過燒炭為生的老翁，一車千餘斤的炭，被宮中太監強行用賤價買走，反映了當時「宮市」對人民的剝削掠奪。所謂「宮市」，就是皇宮派人向民間採買所需的物品。中唐以來，宦官把持了宮市的採購權，他們在長安市集上，用低價強行購買民間貨物，有時甚至分文不給，還要勒索錢財，名義上是替宮中採買，實際上是憑藉權勢，公然掠奪。

白居易（西元七七二——八四六年），字樂天，號香山居士。祖籍太原（今山西省太原市），後遷居下邽（今陝西省渭南縣境。邽，音ㄍㄨㄟ）。唐德宗貞元十六年（西元八〇〇年）中進士，官至刑部尚書。白居易是中唐時期具有代表性的詩人，早期詩作以諷諭時事、反映人生為主，後期逐漸轉為怡情閒適。著有白氏長慶集。

課文與注釋

賣炭翁，伐薪燒炭南山①中。滿面塵灰煙火色，兩鬢蒼蒼十指黑。賣炭得錢何所營②？身上衣裳口中食。可憐身上衣正單，心憂炭賤願天寒。夜來城外一尺雪，曉駕炭車輾冰轍。牛困人飢日已高，市南門外泥中③歇。翩翩④兩騎來是誰？黃衣使者白衫兒⑤。手把文書口稱敕⑥，迴車⑦叱牛牽向北。一車炭，千餘斤，宮使驅將惜不得⑧。半疋⑨紅紗一丈綾⑩，繫向牛頭充炭直⑪。

①南山　指終南山，在長安之南。

②何所營　做什麼用。營，謀求。

③泥中　泥濘的地面上。

④翩翩　輕快的樣子。

⑤黃衣使者白衫兒　指太監和他們的爪牙。黃衣，唐代宦官的服裝，這裡用來借指宦官。白衫，唐代便服。

⑥手把文書口稱敕　手裡拿著公文，口口聲聲說是皇帝的命令。把，拿著。敕，皇帝的命令。

⑦迴車　掉轉車頭。賣炭翁的炭車停在南門外，而皇宮在北面，所以要迴車。

⑧宮使驅將惜不得　太監趕著炭車走，即使捨不得，也拿他沒辦法。宮使，皇宮來的使者。指太監。驅將，驅行；逼著走。將，語助詞。

⑨半疋（ㄆㄧˇ）　半匹。

⑩綾（ㄌㄧㄥˊ）　薄而有綵紋的織品。

⑪炭直　炭的價錢。直，價值、價錢。

賞析

本詩開頭四句，從賣炭翁的形貌、膚色、鬢髮等等描述，強烈暗示了賣炭翁燒炭的辛苦。第五、六兩句，一方面承接開頭四句，說明為什麼賣炭翁要那樣勤苦地燒炭——因為那是他生活之所寄；一方面開啟以下兩句，說明為什麼身上衣服單薄的他，會「願天寒」——因為唯有天寒，炭價不錯，他才能溫飽。

老天似乎沒有辜負賣炭翁的願望，天氣果然轉寒了！一夜之間，城外積了一尺多深的雪。這一車炭，應該可以賣得很好的價錢了吧！於是，賣炭翁滿懷希望，辛辛苦苦地駕著炭車，來到長安南門外。可是到頭來，千餘斤的炭，卻只換得「半疋紅紗一丈綾」，這不僅比一車炭的市價少太多，而且也不是賣炭翁生活所需的物品。第九句以下，作者只敘述事件而不加評論，但意在言外，所謂「苦宮市」的主題，也就不言而喻了。

白居易曾說：「文章合為時而著，歌詩合為事而作。」也就是說，不論文章或詩歌，都應該針對現實、關心民生疾苦。這首賣炭翁的確實踐了他這一個主張。

問題與討論

一、為什麼賣炭翁自己衣服單薄，卻希望天氣寒冷？

二、如果你是賣炭翁，面對官方的強行掠奪，你會怎麼樣？

二三　雨霖鈴

柳永

導讀

本詞選自全宋詞。詞中抒寫情人送別，難分難捨的依依離情。透過餞別場景的鋪寫，以及對別後冷清孤寂的懸想，將離情別意，寫得纏綿淒惻。雨霖鈴，詞牌名。

柳永，字耆卿，北宋崇安（今福建省崇安縣）人，生卒年不詳。仁宗景祐元年（西元一〇三四年）中進士，曾任屯田員外郎，故世稱柳屯田。柳永一生，官場失意，窮愁潦倒，長年與樂工歌女為伍，以他精通音律的才華，大量使用長調，寫下不少描述旅況鄉愁、離情別意的詞作，流傳甚廣，對宋詞的發展有很大的影響。著有樂章集。

課文與注釋

寒蟬①淒切，對長亭②晚，驟雨初歇。都門帳飲③無緒，方留戀處，蘭舟④催發。

執手⑤相看淚眼，竟無語凝噎⑥。念去去⑦、千里煙波，暮靄沉沉楚天⑧闊。　多情自古傷離別，更那堪、冷落⑨清秋節⑩！今宵酒醒何處？楊柳岸、曉風殘月。此去經年⑪，應是良辰好景虛設。便縱有、千種風情⑫，更與何人說？

①寒蟬　蟬的一種。

②長亭　古時設在官道旁供旅客餞別或休息的亭子。通常每隔十里設一長亭、五里設一短亭。

③都門帳飲　在城郊設帳幕餞別。

④蘭舟　即「木蘭舟」。船的美稱。

⑤執手　手牽著手。

⑥凝噎（ㄧㄝ）　心情悲苦，不能痛快地哭出聲來。

⑦去去　離開以後。

⑧楚天　指江南的天空。江南一帶，是春秋、戰國時代楚國的故地，故稱。

⑨冷落　冷冷清清。

⑩清秋節　即農曆九月九日的重陽節。

⑪經年　一年又一年。形容時間長久。

⑫風情　指男女相互愛戀的情意。

賞析

這一首詞，是柳永抒寫離情別意的代表作品，其中「今宵酒醒何處？楊柳岸、曉風殘月」，更是歷來傳誦的名句。

詞的上片寫餞別時，難捨難分的離情。起首三句交代送別的時間、地點和景物，為離情鋪墊氛圍。接著五句，抒發不忍分別的意緒，用蘭舟催發和離人凝噎的矛盾，強而有力地渲染了離別的痛苦。「念去去」二句，既是內心的獨白，也開展了下片對於別後的懸想。上片十句，從景物氛圍到人物表情，然後進入內心，層層深入，都是實寫。一路寫來，感情深刻而真摯，形象逼真而動人。

下片懸想別後的冷清寂寞，以及深情無從傾訴。多情之人，自古以來即為離別而感傷，這是一般常情，「我」又何能例外？但今日離別，正是重陽佳節，秋意冷清，更是有甚於一般情況。過片二句，既承接上片秋景的描寫，也清楚點明了題旨。「今宵」二句，設想今夜別後，旅途中的冷清，僅以清幽景況的排列，便將心中況味凝聚在畫面之中。「此去」以下，將時間往後延展，而悠悠不盡的離情，綿綿不絕的相思，在文字結束之後，還留下無窮的迴盪。

問題與討論

一、「今宵酒醒何處？楊柳岸、曉風殘月」，自來傳誦，以為名句；你對這兩句詞的感覺又是如何？

二、這首詞裡，有遠行的人，有送別的人。你認為是男送女，還是女送男呢？為什麼？

二四　弈喻

錢大昕

導讀

本文選自潛研堂全書。作者以下圍棋為事例，針砭當代學者，只會輕率地議論古今的得失，卻看不到自己的缺點。弈，指下圍棋。

錢大昕（西元一七二八——一八〇四年。昕，音ㄒㄧㄣ），字曉徵，號竹汀，清江蘇嘉定（今上海市嘉定縣）人。乾隆十九年（西元一七五四年）中進士，官至少詹事。曾主講鍾山、婁東、紫陽等書院。他是清初的大學者，長於經史、聲韻、訓詁等。著有潛研堂全書。

課文與注釋

予觀弈於友所①。一客數②敗。嗤③其失算④，輒⑤欲易置之⑥，以為不逮⑦己也。頃之⑧，客請與予對局⑨，予頗易之⑩。甫⑪下數子，客已得先手⑫。局將半，予思益苦，而客之智尚有餘。竟局⑬，數之，客勝予十三子。予赧⑭甚，不能出一言。後有招予觀弈者，終日默坐而已。

今之學者，讀古人書，多訾⑮古人之失；與今人居⑯，亦樂稱人失。人固不能無失，然誠易地以處⑰，平心而度⑱之，吾果無一失乎？吾能知人之失，而不能見吾之失；吾能指人之小失，而不能見吾之大失。吾求吾失且不暇，何暇論人⑲哉？

弈之優劣，有定⑳也。一著㉑之失，人皆見之，雖護前㉒者不能諱㉓也。理之所在，各是其所是，各非其所非。世無孔子，誰能定是非之真？然則人之失者，未必非得也；吾之無失者，未必非大失也。而彼此相嗤，無有已㉔時，曾㉕觀弈者之不若㉖也。

①所　地方。
②數（ㄕㄨㄛˋ）　屢次。
③嗤　譏笑。
④失算　考慮錯誤。這裡指下錯棋子。
⑤輒　每每。
⑥易置之　改變客人所下棋子的位子。易，改變。置，安放。之，指客人所下的棋子。
⑦不逮　比不上。
⑧頃之　一會兒。之，助詞。

⑨對局　兩人互為對手下棋。局，棋盤。這裡用為動詞，指下棋。

⑩易之　輕視他。易，輕視。之，指客人。

⑪甫　剛剛。

⑫先手　取得先機，掌握棋局的優勢。

⑬竟局　下完一局棋。竟，終了。

⑭赧（ㄋㄢˇ）　因羞愧而臉紅。

⑮訾（ㄗˇ）　詆毀。

⑯居　相處。

⑰易地以處　交換所處的地位。以，而。

⑱度（ㄉㄨㄛˊ）　設想。

⑲論人　批評別人。

⑳有定　有客觀的標準。

㉑一著（ㄓㄨㄛˊ）　指一步棋。著，指下棋落子。

㉒護前　為從前的錯誤而辯護，不肯認錯。

㉓諱　掩蓋。

㉔已　停止。

㉕曾　乃。即白話的「那就」。

㉖不若　不如。

賞析

本文共分三段。第一段記看人下圍棋的經驗，第二、三段由這個經驗引申而發議論。作者看人下圍棋，笑那輸棋的人「失算」，認為他不如自己，等到和那人對弈，卻輸了那人十三子。作者從這個經驗體會出世人往往只能看出別人的錯誤，而不能看到自己的；往往堅持自己的看法，而否定別人的，以致彼此互相譏笑，沒完沒了。如何避免這些因為主觀、輕率而造成的錯誤和紛擾呢？作者認為應該要「易地以處，平心而度之」，亦即要設身處地，從別人的立場去看問題；要心平氣和，從客觀的角度去看問題。

所謂「當局者迷，旁觀者清」，看到別人的錯誤比較容易，看到自己的錯誤，或從別人的錯誤去取得借鏡，那就不太容易了。因此，看到別人犯錯時，我們應引以為戒，避免重蹈其覆轍，這才是正確的態度。

問題與討論

一、作者認為「世無孔子，誰能定是非之真」，請問：以孔子作為衡量的標準，是否即能確定道理的是非？

二、你認為世間的是非，有沒有絕對的、客觀的標準？

二五　雨水臺灣

陳義芝

導讀

本詩選自不能遺忘的遠方。全詩以「雨水」為主要線索，寫記憶中的農業臺灣，歌頌鄉土的厚實和豐盈。

陳義芝（西元一九五三——　　），祖籍四川省忠縣，出生於花蓮縣。高雄師範大學中文博士。曾擔任聯合報副刊主任，現任教於臺灣師範大學國文系。陳義芝兼長詩文、評論，詩風儒雅而帶浪漫情懷。曾獲時報文學推薦獎、中山文藝獎等多種。著有詩集不能遺忘的遠方、不安的居住、我年輕的戀人等七種；散文集在溫暖的土地上。

課文與注釋

水牛靜伏
清溪緩緩流過牠的足蹄腹背

如臺灣，磐石①安置大海中
牛毛般的雨水降下
落在牠褐黑的土地
多汗孔的肌膚

反芻去冬飽溢的穀香
雨中，牛把頭沉入水裡再歡喜抬起
平遠的視界順命安時
沿著田埂②和泥畦③
像農夫於午間進食時蹲坐樹下
自青草嚼舌的河岸
描繪霧雨蒼蒼的春原
犁耙④牽引

一畝畝一頃頃的田土踢腿翻身
睜開童濛的睡眼了
攝氏十五度吹東北季風
祖先明示立春⑤
溝水湧向田央，地氣上騰
萌芽的稻種如頑皮的孩子
被木鏝⑥輕輕摟進懷裡

早熟的甘蔗懷藏甜蜜的心事
白胖的蘿蔔渴望除去厚重的泥襖⑦
當香蕉展笑臉，鳳梨吐出青澀的愛意
天地和同美麗的正月
雨水從曆書下到田裡
從童年的夢流至筆下

濁水溪⑧旁的龍眼漸開出細白小花
高雄芒果準備好交接蜂吻
屏東蓮霧呵，早早就訂了初夏之約
而我——來自遠方
正子時⑨之交，乘亂風而起
原本就是雨水
最親的兄弟

①磐(ㄆㄢˊ)石　巨大的石頭。
②田埂(ㄍㄥˇ)　田間的小土堤。埂，小土堤。
③畦(ㄑㄧˊ)　指方形的田地。
④犁耙(ㄆㄚˊ)　兩種農具名。犁用來翻土，耙用來弄碎犁田後的土塊。
⑤立春　農曆二十四節氣之一，在國曆二月三日、四日或五日。
⑥木鏝(ㄇㄢˊ)　插秧時置放秧苗的農具。
⑦泥襖(ㄠˇ)　指覆蓋在蘿蔔上面的泥土。襖，有襯裡的外衣。

⑧濁水溪　臺灣最長的河流，發源於中央山脈合歡山南麓，流經彰化、雲林兩縣之間入海。溪水長年混濁，故名濁水溪。

⑨子時　指晚間十一時至凌晨一時之間。

賞析

雨水是上天對農業臺灣的恩賜。它是緩緩清溪的源頭活水；它灌溉了褐黑田地，滋潤了蒼蒼春原；它孕育了飽溢的穀香、甜蜜的甘蔗、白胖的蘿蔔，還有香蕉、鳳梨、龍眼、芒果、蓮霧，數不清的水果。

詩人用「雨水」這一意象，貫串全詩各節，把它和農業臺灣的豐盈厚實，作了緊密結合。

來自天上的雨水，落在如海中磐石的臺灣，落在她褐黑肥沃的土地，這是農業臺灣得天獨厚的優越條件。然而農業臺灣的豐盈厚實，並不是光憑雨水豐沛、土地肥沃的天然條件，它還是由於有耐勞的水牛，勤奮的農民，踏實勞動，辛苦耕耘，才能締造成功。因此，全詩也到處可以看到農民、水牛的影像；他們是雨水臺灣的人文活力。

在雨水這一主要線索之下，詩人給了我們一幅農業臺灣的美麗畫面，歌頌了我們共同的母親——臺灣。

問題與討論

一、本詩以「雨水臺灣」為題，請問「雨水」在詩中各節，各有什麼作用？

二、本詩中使用了一些擬人的修辭，請找出三個例句，加以說明。

二六　心照不宣

琦君

導讀

本文選自紅紗燈。主旨在讚頌友情的溫暖，知音的可貴。

琦君（西元一九一七——二〇〇六年），本名潘希珍，浙江省永嘉縣人。杭州之江大學中文系畢業。原在司法界服務，退休後曾任教於國立中央大學及中興大學中文系。琦君是當代著名的散文作家，作品豐富，以平實醇厚、溫馨感人見長，享譽文壇，歷久不衰。著有紅紗燈、三更有夢書當枕、留予他年說夢痕等。

課文與注釋

「但得兩心相照，無燈無月何妨」。低徊①地吟誦著這兩句纏綿婉轉的詞，你會體會到兩顆堅貞皎潔的心靈，結合在一起，該是多麼美好，多麼幸福。人生至少要有一個知己，可以共患難的朋友，正如我們必須有一、二部精讀的書，生命才不至於虛拋。於危厄困難中，才有人替你分擔。

知音固然可遇而不可求，而一朝獲得以後，則必能契而勿捨②，永結同心的。我說永結同心，並不一定指異性之間的愛，就是同性的朋友，相知極深時，也應當互信互賴，砥礪策勉，以期止於至善③。古人說：「二人同心，其利斷金。同心之言，其臭如蘭④。」就是對崇高友誼的歌頌。

人們往往歎息世道⑤衰微，人情淡薄，交友不易，得知音尤難。俗語不是說嗎？「逢人只說三分話，不可全拋一片心。」這幾乎成了我們的處世哲學。可是如果你敞開你的心扉⑥，廣大地接納人們對你的善意與關懷，你會發現，這個世界仍是充滿溫情的。愛默森⑦說：「雖然自私自利像西風般使世界感到陣陣寒冷，但整個人類仍舊沐浴在愛裡。我們遇到過多少人啊，我們很少和他們說過話，但他們尊敬我們，我們也尊敬他們。他們眼中射出的光就是無聲的言語。讀讀這些眼睛裡流露出來的言語吧！心靈自會理解他們的。」「沐浴在愛裡」，這是人人所期求的幸福。兩心相照，就是互相沐浴在對方的愛裡。因為他們之間是懂得如何去愛和如何領受愛的。我相信每個人都應當有他最知心的朋友。那就是說，每個人都有一個自己的小天地。在這小天地裡，他表現了真正的自我；他所說的、所聽的，都是肺腑之言⑧，他的行為是與他的人格一致的。在這小天地裡，一切都顯得燦爛而光明，生活更是溫暖安全的，因為他的心靈有了安息之所了。

無月無燈的黃昏，也許是帶幾分詩情酒意的，但如果只剩下一個人踽踽⑨獨行，心頭的悽惶⑩是可以想見的。而一個人，在生命的路途上，誰能免得了遇到無月無燈的幽暗時刻呢？在這情境中，你就會想起關懷你、願為你分擔憂患的人來。這一分溫暖、這一縷曙光⑪對你的支持不受時空的限制，而其力量更是無窮的。它使你在失望、疲乏、困頓中站起來，因為一顆愛心在照耀著你，你自覺光明在望了。朋友以摯誠相交，兩心相契，一切都順乎自然。因為友情也跟愛情一樣，不可強求。有的人，時常會面，卻永遠生疏。話不投機，又何必虛與委蛇⑫。有的人，一見如故，相逢恨晚，爽朗明快，如長江大河，自然就成了莫逆⑬。有的人呢？木訥⑭寡言，就像一泓⑮秋水，靜靜的，深深的，要慢慢兒才發現他的學問德性。前者多屬豪友，後者多屬逸友。無論是性情之交，學問之友，或豪逸兼而有之，都是可遇而不可求的。而人生只要得一知己，便可無憾了。

我以為友情的獲得就像做詩的靈感似的，古人有一首吟靈感的詩說：「我去尋詩定是痴，詩來尋我卻難辭。今朝又被詩尋著，滿眼溪山獨往時。」滿眼溪山，便不覺詩意盎然⑯。而溪山之美，正有如好友可愛的面目。辛稼軒⑰詞不是說嗎？「我見君來，頓覺吾廬，溪山美哉。」於此足見友情的彌足珍貴⑱了。

說起患難中友情之可貴，我國歷史上有不少動人的故事：春秋時代晉國大夫叔向獲罪下獄，他的好友祁奚為他去見范宣子⑲，力說叔向不但無罪，而且是一位社稷之臣⑳。范宣子勇於納諫，立刻釋放了叔向。祁奚從范宣子處回來，並沒有去看叔向，告訴他這段經過。叔向於開釋後也並不曾去看祁奚，感謝他的營救之恩。像他們這樣的交情，真可說得上「心照不宣㉑」四個字了。祁奚不必對叔向說明，而叔向心知自己的獲釋是由於祁奚的仗義執言㉒。叔向不必向祁奚道謝，而祁奚也不會怪他。所謂「人之相知，貴相知心㉓」，這才是友誼的最高境界。還有齊國的管仲㉔，對他的摯友鮑叔牙㉕，乃有「生我者父母，知我者鮑子」之歎。他們的故事，亦傳為千古美談。

後漢時代張劭㉖范式㉗也有一段感人的故事。張劭歸省母，范式與他約定兩年後的某日到他家裡拜母。到那一天，張劭請母親殺雞置酒以待，母親說：「二年之期，千里結言㉘，巨卿（范式字）何能守約？」張劭說：「巨卿信士，必不爽約㉙。」不久，巨卿果然來了。後來張劭病故，發喪時，棺木沉重不能前進，其母撫棺哭問：「你豈在等待巨卿嗎？」語未已，遠遠地果見范巨卿素車㉚白馬，號哭而來，原來巨卿已先夢見元伯（張劭字）去和他訣別了。朋友的心靈相通一至於此，確實令人感動。

清朝的顧梁汾㉛，為他流放在寧古塔㉜的朋友吳漢槎㉝寫了兩首金縷曲㉞。詞意之悽楚，關懷之深切，令讀者無不泫然㉟欲涕。他勸他的朋友：「詞賦從今須少作，留取心魂相守，但願得河清人壽㊱。」他的意思是說：「你不必多寫詩詞以求博取一般人的同情。只要我了解你、相信你，我們的心魂能永遠相守，企望著光明時日的降臨就好了。」這就是他給孤忠的吳漢槎唯一的也是最珍貴的慰藉。難怪多情的詞人納蘭成德㊲讀了這兩首詞，感動萬分，而懇求他的父親召回了吳漢槎。

這些故事都告訴我們，知己之情確乎是可歌可泣的，而這一分情誼的獲得，又豈是偶然的呢？

現在讓我來引名著約翰克利斯多夫㊳裡的一段，來給本文作結：「得一知己，把你整個的生命交託在他手裡，他也把他整個生命交託給你；終於能夠休息一下了。當他酣睡時，你為他警戒。你酣睡時，他為你警戒。快樂的是保護你所疼愛的，像孩童般信賴你的人。更快樂的是傾心相許，剖腹相示，一身為知己所左右。當你衰老了，疲倦了，多年的人生重負使你感到厭倦時，能夠在朋友身上再生，回復你的青年與朝氣。用他的眼睛去體驗萬象回春的世界，用他的感官去抓住瞬息即逝的美景，用他的心靈去領略生活的壯美……」

念著這一段，體會著溫厚如醇酒的友情，心頭感到多麼欣慰呢。

①低　徊　流連徘徊。這裡是低聲再三的意思。

②契而勿捨　相契合而不相背棄。契，相合。

③止於至善　達到最完美的境界。止，達到。

④二人同心四句　二人心志相同，其堅利可斷堅剛之物，其言語香馥如蘭草。臭（ㄒㄧㄡˋ），氣味。

⑤世　道　社會風氣。

⑥心　扉（ㄈㄟ）　心靈之門。扉，門扇。

⑦愛默森（Ralph Waldo Emerson, 1803–1882）　美國文學家及思想家。

⑧肺腑之言　出自內心的話。

⑨踽（ㄐㄩˇ）踽（ㄐㄩˇ）　獨行無伴的樣子。

⑩悽　惶　悲悽惶恐。

⑪曙（ㄕㄨˋ）　光　黎明的陽光。曙，天剛亮時。

⑫虛與委（ㄨㄟ）蛇（ㄧˊ）　勉強應酬。委蛇，順應、遷就的樣子。

⑬莫逆　彼此志同道合，感情深厚。

⑭木訥（ㄋㄜˋ）　性情樸質，不善於言辭。

⑮一泓　一片清澄的水流。

⑯盎（ㄤˋ）然　豐盛的樣子。

⑰辛稼軒　辛棄疾，號稼軒居士。南宋大詞人。

⑱彌足珍貴　更加值得珍惜。

⑲范宣子　春秋晉大夫范鞅。

⑳社稷之臣　關係國家安危的重臣。社稷，借指國家。

㉑心照不宣　彼此心裡明白，不必用言語表達。

㉒仗義執言　秉持義理而發言。

㉓人之相知二句　朋友相知，最可貴的是彼此了解對方的內心。

㉔管仲　名夷吾，春秋齊潁上（今安徽省阜陽縣東南）人。相齊桓公，尊王攘夷，一匡天下。

㉕鮑叔牙　春秋齊大夫。

㉖張劭　字元伯，東漢汝南（今河南省平與縣北）人。

㉗范式　字巨卿，東漢金鄉（今山東省嘉祥縣南）人。

㉘結言　口頭約定。

㉙爽約　失約。爽，錯失。

㉚素車　用白土塗飾的車。

㉛顧梁汾　顧貞觀（西元一六三七——一七一四年），字華峰，號梁汾，清江蘇無錫（今江蘇省無錫市）人。

㉜寧古塔　地名。在今吉林省寧安縣。是清代

流放罪犯的地方。

㉝吳漢槎 吳兆騫（西元一六三一——一六八四年），字漢槎，清江蘇吳江（今江蘇省吳江縣）人。因江南科場案，被流放寧古塔，二十餘年才釋回。

㉞金縷曲 詞牌名。

㉟泫然 傷心流淚的樣子。

㊱河清人壽 天下太平人長壽。古人以黃河澄清為天下太平的徵兆。

㊲納蘭成德 即納蘭性德（西元一六五七——一六八五年），字容若，大學士明珠之子。康熙時進士，官一等侍衛。工詩詞。著有飲水詞。

㊳約翰克利斯多夫 (*Jean Christophe*) 法國羅曼・羅蘭的長篇小說。以貝多芬為原型，描寫貧困出身的德國音樂家克利斯多夫的一生。作者以此書獲得一九一五年諾貝爾文學獎。

賞析

人都需要朋友，更渴望有知己。朋友也好，知己也好，在我們的生命旅途中，扮演什麼樣的角色、發揮什麼樣的功能呢？有人說朋友可以「輔仁」，沒有朋友，則在知識追求上會「孤陋而寡聞」，這是比較理智的、從進德修業的角度來界定和肯定朋友的重要。從情感的角度來看，則人都有被關懷、被理解的心理需求，這

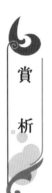

種需求當然可以從親情中去獲得，但如果在親情之外，又能從友情、特別是知心之友的身上去獲得，那生命就能更充實、更溫馨了。

本文即從情感的角度肯定友誼、歌頌知己之情。由於作者廣泛引用了中西的名言佳句、列舉了歷史上一些高貴友誼的故事，使得全文有著充實的內涵，不致流於抽象和空洞，這是本文成功的地方，也是值得我們學習、借鏡的地方。當然，這必須平時有廣泛的閱讀、深刻的體會，並且熟讀熟記，才能在寫文章時很自然地形諸筆端，絕不可能是匆促翻書所做得到的。

問題與討論

一、本文多用典故、舊詩文的成句，這種寫法，有什麼效果？

二、知己在人的一生中，有什麼意義？

二七　說青年之人生

唐君毅

導讀

本文選自青年與學問。主旨在期勉青年：惟有依自覺的努力，擴大心胸，提高志氣，方可充實與生俱來的朝氣、生機，避免因生命的僵化，而重蹈頹敗的中老年人之覆轍。

唐君毅（西元一九〇九——一九七八年），四川省宜賓縣人。南京國立中央大學哲學系畢業，先後在各知名大學任教。畢生致力於學術研究與教學，成果斐然，對近代中國哲學與傳統儒學的復甦，貢獻卓著。是當代新儒家的代表人物之一。著有唐君毅先生全集。

課文與注釋

㈠

人生如四季：青年如春，壯年如夏，中年如秋，老年如冬。四季各有其景象。除非聖人，人難兼備四時之氣於一時。青年，壯年，中年，老年，應各有其適宜而合理之人生。

老年應如冬日之可愛，以一慈祥煦育①之心，護念②後生③。

中年應如平湖秋月④，胸懷灑落⑤，作事功成而不居。

壯年人應如花繁葉密，枝幹堅固，足以開創成就事業。

青年應如春風拂弱柳，細雨潤新苗，和順積中而英華外發⑥。

然如平湖秋月中年與如冬日可愛之老年，談何容易。到秋冬之際，草木凋零，寒風蕭瑟。通常人到中年，便患得患失；人到老年，便暮氣沉沉了。而社會文化的生機，不能不期諸青年人與壯年人。

壯年人如樹木之已長成，枝葉扶疏，相互之間，不易相容讓。孔子說：「及其壯也，戒之在鬥。」壯年人好鬥，常為造亂之人。人類之戰爭，常以壯年人為罪魁禍首。只有青年如嫩芽初發，含苞未放。代表天地之生機，人類之元氣。

㈡

「長江後浪推前浪，世上新人換舊人。」當老年中年都腐化墮落，壯年皆死於鬥爭中時，一代一代的青年，即不斷的以其新姸活潑之朝氣，使大地回春，而昭蘇⑦暮靄⑧沉沉之世界。

青年自然有朝氣，因其原在生長。青年自然純潔，因在生長中之嫩芽上，縱有一點灰塵，亦因其生力推動，而隨風吹去了。

青年因生長而不怕壓力，而不畏權威。誰不曾見嫩芽之自大石之下長出？

青年生長時，其嫩芽要長成大樹。他所嚮往的是頭上碧茫茫的太虛⑨，而要求頂天立地。所以青年可以有開拓萬古之心胸，推倒一世豪傑之氣概。

青年自然富於正義感，要求其各方面才能之充量的平均發展。草木之生也直，人之生也直。一直向前生，即正直，正義感之泉源。健全的草木之生長，左一枝、右一枝，花花相對，葉葉相當，必求平衡。青年依其本性，總在堂堂正正的大道上行。他在一時可有所偏向，只看光明在哪裡為定。如向日葵之依日之光明在哪方，他便向哪方偏。偏向光明，偏亦是正，亦是中。

這些都是青年的生機，青年的德性。青年的生機，化社會中的糞壤之腐朽，為花葉枝幹之神奇；青年的德性，使人類社會歷史文化，不以中年人老年人之頹敗，而得千古常新。

春天是造物者對大地的恩惠，青年是造物者對人類的恩惠。但青年的德性，亦是造物者給與青年的恩惠。此不是經青年之自己努力而成，是青年之天德⑩，而非青年之人德⑪。青年不應在此驕傲。青年的責任在依自覺的努力，繼天德以立人德。

(三)

青年朋友們，你可曾在自然的純潔外，時時拂拭你心靈上的灰塵？你可曾在自然的不怕壓力，反抗權威，推倒阻礙外，真正求培植你自己之力量，而深植其根於歷史文化之土壤，以吸收地下養料與泉水？你可曾在自然的正義感之外，細細去思維什麼是人間社會最高的正義，真正求實現此正義而百折不回？你除了憑你自己個人之力，以實現你之抱負志願，以向光明外，你可曾發憤求師友相勉或尚友⑫古人，以擴大你之胸量，提高你之志氣，而看見更大的光明？這些都賴你自覺的努力，而不能只恃你青年的天德。

青年朋友們，如果你只恃你青年的天德，以為即此可以傲視頹敗的中年與老年，你便要知，青年轉瞬即成壯年，成中年，成老年。青年的德性，隨青年以俱來者，亦將隨青年以俱去。

如果人類真如草木，我們可以使他自然的生長，自然的衰朽。我們不必耽心現代的青年將來之衰朽，因為以後還有代代的青年，會出來以代表天地之生機、人類之元氣。然而人類畢竟不只是草木。人之尊貴，在以人力奪天工。人不應自然的生長，自然的衰朽。

所以，我們不能不希望青年以其自覺的努力，充實培養其自然的德性。這樣他到壯年才能如花繁葉密，枝幹堅固，成就事業；中年才能如平湖秋月，胸懷灑落，功成不居；老年才能如冬日之可愛，以護念提攜⑬下一代之青年。春夏秋冬，四時之氣，周行不息⑭，而後歲歲年年，人道賴以永存。

①煦（ㄒㄩˇ）育　養育。煦，溫暖。
②護念　保護憐愛。念，憐愛。
③後生　晚輩。
④平湖秋月　平靜的湖泊，映照著秋天的明月。譬喻為人胸襟開闊而心地皎潔。

⑤灑落　灑脫自然，不受拘束。
⑥和順積中而英華外發　性情溫和而才華洋溢。
⑦昭蘇　蘇醒。
⑧暮靄　黃昏時的雲氣。
⑨太虛　指天空。

⑩天　德　與生俱來、上天賦予的德性。
⑪人　德　經由後天所培養的德性。
⑫尚　友　上與古人為友。尚，通「上」。
⑬提　攜　提拔。
⑭周行不息　循環運行，永不停息。

賞析

本文共分三大段：第一大段以四季比喻人生四個階段：青、壯、中、老年。先描述四個階段，各自有其「適宜而合理」的人生境界。接著筆鋒一轉，論及老年、中年、壯年常見的缺失，歸結到：只有青年「代表天地之生機，人類之元氣」。

第二大段以草木嫩芽為喻，闡述青年的朝氣、生機。青年有開拓萬古的心胸、推倒一世豪傑的氣概；青年自然富於正義感，總行走於堂堂正正的大道。這些都是造物者所賜的天德，但青年不應以此自傲，應該「繼天德以立人德」。

第三大段勉勵青年應以自覺的努力擴大心胸、提高志氣，否則轉瞬就成為頹敗的中、老年人。惟有厚植「人德」以繼天德，到壯年、中年、老年時，才能達到適宜合理的人生境界，如四時之氣運行不息，而人道賴以永存。

全文結構環環相扣，理路明暢，善於取喻，言雖淺而意實深，是一代哲人用心良苦之作。誠如作者所說：青年代表天地的生機，人類的元氣。但青年人也容易或好高騖遠、目空一切；或庸庸碌碌、缺乏理想；或逸樂取向，得過且過；或追求功利，目光短淺。如何秉持青年特有的生機與豪氣，以開拓心胸，恢宏志氣，成就剛健而充實的人生，這正是年輕學子讀了本文之後，最應深思的課題。

問題與討論

一、為什麼說青年「代表天地之生機，人類之元氣」？

二、為什麼作者認為天德並不足恃，而必須「繼天德以立人德」？

二八　管鮑之交

司馬遷

導讀

本文節選自史記管晏列傳，標題是編者所訂。記載春秋時代，齊國管仲和鮑叔牙之間的深厚友誼，著重凸顯鮑叔牙的知人之明，和容人的雅量器度。

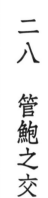

司馬遷（西元前一四五——約西元前八六年），字子長，西漢左馮翊（ㄈㄥˊ　ㄧˋ）夏陽（今陝西省韓城市南）人。武帝時曾任太史令、中書謁者令等官職。其一生最大成就，在於完成史記一書，樹立了二千餘年史家著述的典範。

史記一百三十篇，五十二萬餘言；起自黃帝，止於漢武帝，記載二千五百餘年間的史事。全書計分「本紀」十二篇，用以記帝王事跡，並作為紀年的綱目；「表」十篇，按年排列重大史事；「書」八篇，記典章制度；「世家」三十篇，記諸侯封國及王公貴族；「列傳」七十篇，記載重要人物。在秉筆直書、忠於史實的大原則下，充分掌握以「人」為歷史中心的史觀，宏觀地論述歷史變動的脈絡；其文章條理清晰，文字跌宕生姿，引人入勝，既有史學著作的價值，又有文學典範的作用。後代史書有紀傳一體，即源出史記，但僅有其形式，而在內容、見地方面，都不能超越史記。

課文與注釋

管仲夷吾①者，潁②上人也。少時常與鮑叔牙游③，鮑叔知其賢。管仲貧困，常欺鮑叔，鮑叔終善遇④之，不以為言。已而鮑叔事齊公子小白，管仲事公子糾。及小白立為桓公，公子糾死，管仲囚焉，鮑叔遂進⑤管仲。管仲既用，任政⑥於齊，齊桓公以霸；九合諸侯，一匡天下⑦，管仲之謀也。

管仲曰：「吾始困時，嘗與鮑叔賈，分財利，多自與；鮑叔不以我為貪，知我貧也。吾嘗為鮑叔謀事，而更窮困⑧；鮑叔不以我為愚，知時有利不利也。吾嘗三仕⑨三見逐於君，鮑叔不以我為不肖⑩，知我不遭時也。吾嘗三戰三走⑪，鮑叔不以我為怯，知我有老母也。公子糾敗，召忽死之，吾幽囚受辱；鮑叔不以我為無恥，知我不羞小節，而恥功名不顯於天下也。生我者父母，知我者鮑子也！」

鮑叔既進管仲，以身下之⑫。子孫世祿⑬於齊，有封邑者十餘世，常為名大夫。天下不多⑭管仲之賢，而多鮑叔能知人也。

①夷吾　管仲的名。

②潁　河流名。源於河南，流進安徽，注入淮河。

③游　交往。

④遇　對待。

⑤進　推薦。

⑥任政　執政。

⑦九合諸侯二句　糾合天下諸侯，共尊周天子為宗主，以匡正天下秩序。九，通「糾」。匡，端正。

⑧窮困　指事情更困難，更難辦。

⑨仕　做官。

⑩不肖　能力不好。

⑪走　敗逃。

⑫以身下之　自己屈居在他之下。身，本身。之，指管仲。

⑬世祿　世世代代享有俸祿。

⑭多　稱讚。

賞析

本文分三段。第一段記管、鮑交往，鮑叔牙對管仲寬容善待，以及推薦管仲，讓他輔佐齊桓公，成就霸主的功業。第二段記管仲自述鮑叔牙的知遇之恩，而以「生我者父母，知我者鮑子也」，概括了他的感激之情。

第三段以天下人「不多管仲之賢，而多鮑叔能知人也」，總結司馬遷對於管、鮑交情的評論。

管仲是春秋時代傑出的政治家，他的一生功業，在於輔佐齊桓公，「九合諸侯，一匡天下」。但在輔佐齊桓公之前，他卻是屢遭挫折，失敗連連；如果沒有鮑叔牙的推薦，他是否能建功立業、名留青史，那就很難說了。本文所記，重點正在於此。換句話說，我們所看到的管仲，是鮑叔牙一手提攜而來的；鮑叔牙的知人之明，造就了管仲的歷史地位。

知己在人的一生中是這樣地重要；鮑叔牙對管仲的知遇造就了管仲。司馬遷這篇文章高度肯定了朋友之情，也讓「管鮑之交」，流傳千古。

問題與討論

一、為什麼「天下不多管仲之賢，而多鮑叔能知人也」？

二、除了「管鮑之交」，請你再找有關朋友知己的成語二則，並加以說明。

二九　世說新語

劉義慶

導讀

世說新語是劉義慶集合門下文士合編而成的一部書，現在通行的本子共三卷，由德行至仇隙，分三十六門，輯錄東漢末年到東晉間，文人、名士、賢媛的言行軼事，文辭簡麗而意味雋永。

本課所選二則，標題都是編者所訂，原書並沒有標題。陶公檢厲一則，選自政事，記陶侃生性檢厲，勤於政事。雪夜訪戴一則，選自任誕，記王徽之在大雪之夜，乘興往訪戴逵，坐了一夜的船，到戴逵門口，卻興盡而返，不入門見戴逵。

劉義慶（西元四〇三——四四四年），南朝宋彭城（今江蘇省徐州市）人。南朝宋的王室，襲封臨川王。生性簡樸，愛好文學，喜歡延攬賓客。當時知名文士，如袁淑、鮑照等，都是他的座上常客。著作頗多，除世說新語外，還有宣驗記、幽明錄、徐州先賢傳等。

陶公儉厲

陶公性儉厲①，勤於事。作荊州②時，敕③船官悉錄④鋸木屑，不限多少。咸不解此意。後正會⑤，值積雪始晴，聽事前除⑥雪後猶濕，於是悉用木屑覆之，都無所妨。官用竹，皆令錄厚頭⑦，積之如山；後桓宣武⑧伐蜀，裝船⑨，悉以作釘。又云：嘗發⑩所在竹篙⑪，有一官長連根取之，仍當足⑫，乃超兩階⑬用之。

雪夜訪戴

王子猷⑭居山陰⑮，夜大雪，眠覺⑯，開室，命酌酒。四望皎然，因起彷徨⑰，詠左思⑱招隱詩，忽憶戴安道⑲。時戴在剡⑳，即便夜乘小船就之。經宿㉑方至，造門㉒不前而返。人問其故，王曰：「吾本乘興而行，興盡而返，何必見戴？」

①檢　厲　方正嚴肅。
②作荊州　指擔任荊州刺史。作，任職。
③敕　下令。
④錄　收藏。
⑤正會　指正月初一的集會。正，指正月初一。
⑥聽事前除　官府廳堂前的臺階。聽事，官府治理政事的廳堂。除，臺階。
⑦厚頭　指粗厚的竹頭。
⑧桓宣武　即桓溫，諡宣武侯，故稱桓宣武。
⑨裝船　造船。
⑩發　下令挖掘。
⑪篙　撐船的竹竿。

⑫足　指裝在船篙末端的鐵足。
⑬階　官職的等級。
⑭王子猷　即王徽之，字子猷。王羲之的第五個兒子。
⑮山陰　縣名。今浙江省紹興市。
⑯眠覺　睡醒。
⑰彷徨　也寫作「傍徨」、「彷徨」。徘徊。
⑱左思　字太沖，西晉文學家。
⑲戴安道　即戴逵，字安道。
⑳剡　縣名。今浙江省嵊縣。
㉑宿　一夜。
㉒造門　到達門口。造，到達。

陶公檢厲

這一則開頭的「性檢厲，勤於事」六字，是全文的綱目，是這一則記載的主旨所在。以下收藏鋸木屑、粗厚的竹頭，並且在後來派上用場，以及獎勵用竹頭代替船篙鐵足的官員，總共三件事，都是「性檢厲，勤於事」的事證。這種寫法，先概述主題，再舉例證，顯得文旨明確，而且條理清晰，讀者可以很快地了解文意之所在；是相當值得仔細體會，進而模仿學習的文章作法。

這一則故事，世說新語歸在政事一門，編者用意，顯然在表彰陶侃對於政事的用心，所以說他「勤於事」。從今天的觀點來看，我們也可以說，陶侃能珍惜資源，能物盡其用；這種處事態度，也是值得學習的。

雪夜訪戴

這一則故事很有名，是魏晉名士隨性自然、無拘無束的典型故事。

全文節奏非常快速，從「眠覺」起，到「造門不前而返」，記事的重心，完全擺在「訪戴」這件事上，將所有枝節，不相干連的瑣事，全部摒棄不記；即便是從山陰到剡縣，一整夜的水路旅程，也只有出發和到達兩句便交代了，途中經歷，隻字不提。於是，我們所看到的就只是一連串接續的動作，感覺到的是在這個大雪之夜，王徽之的唯一大事，就只有想起戴逵，乘船千里迢迢地去找戴逵。我們會預期兩人相見的賞心樂事。但是，結果大出我們的預料，王徽之是到達戴逵家門口了，可是，他沒進去，兩人沒見面；王徽之「興盡而返」了。

王徽之這個舉動，可說是非人情之常，是魏晉名士特有的行為；這個特殊的舉動，透過世說新語這則剪裁得宜的文字記錄，凸顯了人物的神韻趣味，千古以來傳為趣談。

問題與討論

一、陶侃平日收藏細碎的廢棄物，往往臨時可以派上大用場，這是可以肯定的；但他對於連根取竹的官員，為什麼「超兩階用之」？你同意他這個作法嗎？

二、王徽之雪夜訪戴，乘興而行，興盡而返，這是魏晉名士任誕的行為，千古傳為趣談，你認為它可以無限上綱到為人處事的各方面嗎？請說說你的看法。

三〇　離魂記

陳玄祐

導讀

本文選自太平廣記，屬於唐人傳奇。故事大要是張倩娘與表兄王宙，自小青梅竹馬，長大後相互愛慕。但倩娘的父親卻把她許配給別人，倩娘因而抑鬱成疾、臥病在牀，而魂魄則離開軀體，和王宙私奔成親。五年間，生了兩個兒子。五年後，夫妻一起回到娘家，倩娘魂魄和軀體合而為一，疾病霍然而癒。

唐人傳奇就是唐人的文言短篇小說，是中國最早的、結構完整的小說，對後代小說、戲曲的發展，有極大的影響。

陳玄祐，唐代宗大曆（西元七六六——七七九年）時的人，里籍、生平皆不詳。

課文與注釋

天授三年①，清河②張鎰，因官家於衡州③。性簡靜，寡知交。無子，有二女。其長早亡，幼女倩娘，端妍絕倫④。鎰外甥太原王宙，幼聰悟，美容範⑤。鎰常器重，每曰：「他時⑥當以倩娘妻之⑦。」後各長成，宙與倩娘常私感想⑧於寤寐，家人莫知其狀。後有賓僚之選⑨者求之，鎰許焉。女聞而鬱抑；宙亦深恚恨⑩，託以當調，請赴京。止之不可，遂厚遣之。

宙陰恨悲慟，訣別上船。日暮，至山郭數里。夜方半，宙不寐，忽聞岸上有一人行聲甚速，須臾至船。問之，乃倩娘徒行⑪跣足⑫而至。宙驚喜發狂，執手問其從來。泣曰：「君厚意如此，寢夢相感。今將奪我此志，又知君深情不易⑬，思將殺身奉報，是以亡命⑭來奔。」宙非意所望，欣躍特甚。遂匿倩娘於船，連夜遁去。倍道兼行⑮，數月至蜀。

凡五年，生兩子。與鎰絕信。其妻常思父母，涕泣言曰：「吾曩日不能相負，棄大義而來奔君。向今⑯五年，恩慈間阻。覆載⑰之下，胡顏獨存也？」宙哀之曰：「將歸，毋苦！」遂俱歸衡州。既至，宙獨身先至鎰家，首謝⑱其事。鎰曰：「倩娘病在閨中，何其詭說也！」宙曰：「見在舟中！」鎰大驚，促使人驗之。果見倩娘在船中，顏色怡暢，訊⑲使者曰：「大人安否？」家人異之，疾走報鎰。室中女聞，喜而起，飾粧更衣，笑而不語。出與相迎，翕然⑳而合為一體。其衣裳皆重。

其家以事不正，祕之。惟親戚間有潛知之者。後四十年間，夫妻皆喪。二男並孝廉㉑擢第㉒至丞尉㉓。

①天授三年　即西元六九二年。天授，唐武則天的年號。
②清河　郡名。治所在今河北省清河縣。
③衡州　州名。治所在今湖南省衡陽市。
④端妍絕倫　端莊美麗，超過同輩女子。
⑤容範　容貌風度。
⑥他時　將來。
⑦妻之　嫁給他。妻，當動詞用。
⑧感想　想念。
⑨選　優秀。
⑩恚（ㄏㄨㄟˋ）恨　怨恨。
⑪徒行　步行。
⑫跣（ㄒㄧㄢˇ）足　光著腳。
⑬不易　不變。
⑭亡命　逃亡。
⑮倍道兼行　加倍行程，日夜趕路。
⑯向今　至今。
⑰覆載　指天地。
⑱首謝　承認過錯並且道歉。首，認錯。
⑲訊　詢問。

⑳翕(ㄒㄧˋ)然　相合為一的樣子。

㉑孝廉　漢代選拔官吏的兩種科目名稱。孝，指孝子。廉，指廉潔之士。唐代有秀才科而沒有孝廉，這裡是用古代名稱。

㉒擢第　指考試及格，列在等第之中。

㉓丞尉　縣丞、縣尉。縣丞輔助縣令治理縣政，縣尉主管捕捉盜賊、追查不法。

賞析

人物之間的「衝突」，是小說情節發展的重要動力。就這一篇小說而言，王宙和張倩娘這一對青梅竹馬的戀人，彼此之間並不存在著衝突；衝突來自他們和張鎰之間。身為家長的張鎰，忘了曾經說過要讓這一對戀人成親的諾言，而將女兒許配他人。年輕的戀人，心願落空，卻不敢反抗，女的鬱抑、男的遠離。

小說作者往往隱藏某些事實，刻意營造讀者的「懸疑」，以誘使讀者閱讀下去。我們仔細閱讀這一篇小說的第二段，便會產生一個疑惑：光著腳丫徒步行走的張倩娘——一個官家千金小姐，怎麼可能獨自一人，追趕上乘船離開的王宙呢？這樣的疑惑，讓我們一路讀下去，想要尋找一個合理的解釋。

原來，和王宙私奔的是倩娘的魂魄，五年來，她一直臥病在家。作者雖然沒有明說，但小說的結局，給了我們這樣的解釋；這時候，再回頭看一下小說的題目，我們就會恍然大悟了。

魂魄真的會離開軀體，並且和常人一樣地過生活嗎？這是讀完小說之後，很正常的一個疑問。但，我們不要忘了，這是一篇小說，而小說往往存在著「虛構」，不能全然當真。我們應該思考的是：透過虛構，作者要表達什麼？就這一篇小說而言，最起碼，它反映了在「父母之命，媒妁之言」的時代，真心相愛的情人，他們的痛苦、他們的願望。這恐怕才是小說作者隱藏在故事中的真正意思吧！

問題與討論

一、小說中張倩娘與表兄王宙私奔，張家為什麼沒有發覺？

二、有人相信星座與性格、命運有關，據你所知，小說中的男女主角，可能是什麼星座？

三一　記先夫人不殘鳥雀

蘇軾

導讀

本文選自東坡志林。記敘母親程氏在世時，厭惡殺生，嚴禁家人捕捉鳥雀，因而家中庭院眾鳥結巢，毫不畏人。作者並由此事而領悟孔子所說「苛政猛於虎」的道理。

蘇軾（西元一〇三六——一一〇一年），字子瞻，號東坡居士，北宋眉山（今四川省眉山縣）人。自幼由母親程氏啟蒙讀書。仁宗嘉祐二年（西元一〇五七年）中進士，累官至禮部尚書，卒謚文忠。蘇軾是一位才華洋溢的全才作家，散文名列唐宋古文八大家之一，詩為北宋四大家之一，詞則開創豪放一派，又兼長於書法、繪畫。著有東坡全集。

課文與注釋

吾昔少年時，所居書室前，有竹、柏、桃、雜花，叢生滿庭，眾鳥巢其上①。

武陽君②惡殺生，兒童婢僕，皆不得捕取鳥雀。數年間，皆巢於低枝，其鷇③可俯而窺也。又有桐花鳳④四、五，日翔集其間。此鳥羽毛至為珍異難見，而能馴擾⑤，殊不畏人。閭里⑥間見之，以為異事。

此無他，不忮⑦之誠，信於異類⑧也。有野老⑨言：「鳥巢去人太遠，則其子有蛇、鼠、狐、狸、鴟⑩、鳶⑪之憂；人既不殺，則自近人者，欲免此患也。」由是觀之，異時⑫鳥雀巢不敢近人者，以人為甚於蛇、鼠之類也。「苛政猛於虎⑬」，信哉！

①巢其上　在上面築巢。巢，當動詞用。

②武陽君　蘇軾母親程氏，封武陽君。

③鷇（ㄎㄡˋ）　出生不久，尚需母鳥哺食的小鳥。

④桐花鳳　鳥名。暮春時常棲息在桐花樹上，故名。

⑤馴擾　鳥獸馴服而順從人意。

⑥閭（ㄌㄩˊ）里　鄉里。這裡指鄉里中人。閭，里門。

⑦不忮（ㄓˋ）　不猜忌殘害。

⑧信於異類　被鳥獸所相信。異類，指鳥獸。

⑨野老　鄉村的老人。

⑩鴟（ㄔ）　貓頭鷹。

⑪鳶（ㄩㄢ）　鷹的一種。

⑫異　時　以往。

⑬苛政猛於虎　嚴酷的政令對人民的禍害，比老虎更嚴重。禮記檀弓下記載孔子遇一婦人在泰山旁哭墓，這婦人的公公、丈夫、兒子都被老虎所殺，卻不肯離開山野。原因是山野之間，沒有嚴酷的政令。孔子就要學生記住「苛政猛於虎」這句話。

賞析

俗話說：「上天有好生之德。」用現代的觀念來說，那就是自詡為萬物之靈的人類，必須和地球上的其他生物共存共榮，尊重人以外的一切生命。這篇文章中，蘇軾的母親程氏就體現了這種精神。

文章的第一段，先敘述「眾鳥巢其上」的事實，接著的第二、三段，說明造成這一事實的根本原因：「武陽君惡殺生」。因為惡殺生，所以禁止家人捕捉鳥雀；因為不捕捉，所以鳥雀敢於接近人而築巢。第四段就此事而進一步發表議論。作者家人都不會捕捉鳥雀，因而鳥雀在他家庭園結巢，以避免蛇、鼠等天敵的禍害，這是一個特例。就一般而言，鳥雀往往不敢太接近人而築巢，因為人的禍害，比蛇、鼠更可怕。這正如在泰山側哭墓的婦人一樣，雖然家中三代的男人都死於老虎，仍不願離開山野，因為山野之間，沒有比老虎更可怕的政令。作者由家中鳥雀築巢的經驗，聯想到一般鳥雀不敢接近人，再聯想到「苛政猛於虎」的典故，深深有所領悟，所以說「信哉」。

一件生活中過往的小事，作者寫來，條理井然，親切有味，又從而領悟出一番更為關係重大的道理，不愧是文學大師。

問題與討論

一、蘇軾家鳥雀築巢居住，毫不怕人，那是什麼緣故？

二、你從這一篇文章得到什麼啟發？

三二　散曲二首

導讀

散曲是元代以來流行的歌曲，依照體製大小，分為小令與套曲兩大類。小令是單支的歌曲，大多在六十字以內；套曲則是聯合同一宮調的若干曲牌而組成，篇幅較長。

本課選自全元散曲，共小令二首。山坡羊、寨兒令都是曲牌名。所謂曲牌，就是一首歌曲的名稱。每一個曲牌都有它固定的句法、平仄、韻叶、唱法，任何人用這首曲牌填寫歌詞，或演唱這首歌曲，都要遵守這些格律。「驪山懷古」、「西湖秋夜」則是各小令的題目，表示歌詞的內容。

山坡羊寫登臨驪山的懷古之心。透過秦朝阿房宮的付之一炬，遺跡全然不見，抒發對於歷史興亡、朝代更迭的感慨。這首小令，作於元文宗天曆二年（西元一三二九年），當時關中發生大旱災，人民流離失所，張養浩奉命以陝西行臺中丞的官職，前往關中救災。就在這一年，因為積勞成疾而卒於任上。

寨兒令寫西湖秋夜的美景，人在美景中賞心悅目，感覺如在月宮。

張養浩（西元一二六九——一三二九年），字希孟，號雲莊。濟南（今山東省濟南市）人。曾任監察御史、禮部尚書等官。著有散曲雲莊休居自適小樂府，收小令一百六十一首，套曲二套，或描寫田園景物，或關心人民疾苦。另著有歸田類稿。

張可久，字小山。元慶元（今浙江省慶元縣）人。生卒年不詳。曾任路吏、典史等官。全元散曲收其小令八百三十五首、套曲九套，是元代散曲作品留存最多的作家。擅長以詩境、詞境入曲，其散曲風格清麗自然。

課文與注釋

山坡羊 驪山①懷古

張養浩

驪山四顧，阿房一炬②，當時奢侈今何處？只見草蕭疏③，水縈紆④，至今遺恨⑤迷煙樹。列國周齊秦漢楚，贏，都變做了土；輸，都變做了土。

寨兒令 西湖秋夜

張可久

九里松⑥，二高峰⑦，破白雲一聲煙寺鐘⑧。花外嘶驄⑨，柳下吟篷⑩，笑語散西東。舉頭夜色濛濛⑪，賞心歸興匆匆。青山銜好月，丹桂⑫吐香風。中，人在廣寒宮⑬。

①驪　山　山名。在陝西省臨潼縣東南方，阿房宮即在此山附近，秦始皇則葬於此地。

②阿房一炬　阿房宮被一把火燒了。阿房宮是秦始皇所築的宮殿群，秦朝滅亡後被攻入咸陽城的項羽下令放火燒燬。一炬，一把火。

③蕭　疏　清冷稀疏。

④縈　紆　盤旋彎曲。

⑤遺　恨　王朝滅亡後所遺留的憾恨。

⑥九里松　地名。在今浙江省杭州市西湖北。唐代杭州刺史袁仁敬在此種植松樹，左右各三行，人稱九里松。

⑦二高峰　指南高峰和北高峰。有西湖十景中的「雙峰插雲」。

⑧煙寺鐘　西湖十景有煙寺晚鐘。

⑨驄　青白雜毛的馬。

⑩吟　篷　詩人乘坐的船。篷，船篷。這裡借指船。

⑪濛　濛　迷茫不清的樣子。

⑫丹　桂　桂的一種。皮為赤色。

⑬廣寒宮　即月宮。

賞析

山坡羊

這首小令，起筆便用「驪山四顧」扣緊「弔古」的主題；「阿房一炬」是想像的歷史場景，秦始皇所築、極盡奢侈的阿房宮，早已成為歷史的灰燼，無從追尋。而作者眼前所見，其實只是一片煙樹迷離的荒涼景象。「當時奢侈今何處」一句，暗示在古蹟現場放眼四顧所產生的失落感，這一個反問句，進一步逼出作者對「人事無常，歷史虛幻」的喟歎，既是表達深沉的感慨，也隱藏了對歷代統治者權傾一時、殘民以逞的強烈反諷與批判。最後以「贏，都變做了土；輸，都變做了土」收尾，清楚告訴讀者：權位爭逐，只有一時的成敗得失，任他「周齊秦漢楚」，旋起旋落，多少朝代興亡，都不能改變一個活生生的定律：任何王朝終究無法永存，最後都只成了一堆土罷了。「贏」、「輸」在字面上是鮮明的對比，但同樣歸結為「都變做了土」，整首作品的主題，至此完整呈現。

寨兒令

這一首小令，詞句清麗，情致高雅，而又對仗工整，充分表現了張可久散曲作品的特色。寫景則由遠而近，再由近而遠，別有飄盪迷離的美感。曲中描寫聽覺的有煙寺鐘聲、馬鳴聲、詩人吟唱聲和笑語聲；視覺方面則以濛濛夜色為背景，襯以仰視的高峰、白雲、青山、好月，以及平視的花柳交映；再加上嗅覺的丹桂飄香，交織成一片秋夜湖景，結尾「中，人在廣寒宮」以神話宕開一筆，似真似幻，意境超曠。而「青山銜好月，丹桂吐香風」的「銜」、「吐」二字，不但鍊字靈巧，運用擬人手法，更蘊含「萬物皆有情」的佳趣，使景物著上生動的人文色彩，而不只是呆板的刻畫山水而已。

問題與討論

一、這兩首小令，一首懷古，一首寫景，主題各有不同，氛圍也大異其趣；你比較欣賞哪一首？為什麼？

二、請從這兩首小令中，摘錄你最喜歡的三個句子，並說明原因。

三三　滿井遊記

袁宏道

導讀

本文選自袁中郎全集。記敘遊賞滿井春色，感受到大地回春、生機盎然的喜悅。滿井，在北京安定門外，為明代京師仕女遊樂之處。明神宗萬曆二十六年（西元一五九八年），袁宏道至北京，擔任順天府教授。次年花朝節後遊滿井，寫下這篇文章以記所見所感。

袁宏道（西元一五六八——一六一〇年），字中郎，號石公。明公安（今湖北省公安縣）人。神宗萬曆二十年中進士。曾任吳縣（今江蘇省吳縣市）知縣，累官吏部稽勳郎中，卒於官。

袁宏道與兄袁宗道、弟袁中道，都以文學知名，時稱「三袁」。其詩文在明末以反摹擬、抒性靈，形成一時的風氣，世稱之為公安體。著有袁中郎全集。

課文與注釋

燕①地寒，花朝節②後，餘寒猶厲③，凍風④時作。作則飛沙走礫⑤，局促⑥一室之內，欲出不得。每冒風馳行⑦，未百步輒返。

廿二日，天稍和，偕數友出東直⑧，至滿井。高柳夾堤，土膏微潤⑨，一望空闊，若脫籠之鵠⑩。於時冰皮⑪始解，波色乍明，鱗浪⑫層層，清澈見底，晶晶然如鏡之新開，而冷光之乍出於匣⑬也。山巒為晴雪所洗，娟然⑭如拭，鮮妍明媚，如倩女⑮之靧面⑯，而髻鬟⑰之始掠⑱也。柳條將舒⑲未舒，柔梢披風⑳，麥田淺鬣㉑寸許。遊人雖未盛，泉而茗者，罍㉒而歌者，紅裝而蹇者㉓，亦時時有。風力雖尚勁，然徒步則汗出浹背。凡曝沙㉔之鳥，呷浪㉕之魚，悠然自得，毛羽鱗鬣㉖之間，皆有喜氣。始知郊田㉗之外未始無春，而城居者未之知也。

夫能不以遊墮事㉘，而瀟然㉙於山石草木之間者，惟此官㉚也。而此地適與余近，余之遊將自此始，惡能無紀？己亥㉛之二月也。

①燕　指河北。河北是周代燕國的領土，故稱。

②花朝節　民間舊俗以農曆二月十五日為百花生日，稱花朝節。

③厲　猛烈。

④凍風　冷風；寒風。

⑤礫　細石。
⑥局促　拘束。
⑦馳行　快走。
⑧東直　東直門。明代北京內城九門之一，在城東面最北方。
⑨土膏微潤　肥沃的泥土，微有溼潤。
⑩鵠（ㄏㄨˊ）　鳥名。俗稱天鵝。
⑪冰皮　指水面的結冰層。
⑫鱗浪　像魚鱗般的水波。形容水面微波，層層相續。
⑬匣　指鏡匣。
⑭娟然　美好的樣子。
⑮倩女　美女。
⑯靧（ㄏㄨㄟˋ）面　洗臉。

⑰髻（ㄐㄧˋ）鬟（ㄏㄨㄢˊ）　皆古代婦女髮型。束髮成結曰髻，梳成環形為鬟。
⑱掠　此指梳理。
⑲舒　開展。此指柳條發芽。
⑳披風　迎風。
㉑鬣（ㄌㄧㄝˋ）　獸類、鳥類的頸毛或首毛，有時也指魚類頷旁的觸鬚。此指麥苗。
㉒罍（ㄌㄟˊ）　酒甕。此用為動詞，飲酒。
㉓紅裝而蹇者　女子騎驢者。紅裝，指女子。蹇，「蹇驢」的省略。此用為動詞，騎驢。
㉔曝沙　在沙上曬太陽。
㉕呷（ㄒㄧㄚ）浪　在浪頭上吸水。呷，吸飲。
㉖鬣　此處指魚類頷旁小鰭。

㉗郊田　郊外田野。

㉘墮（ㄏㄨㄟ）事　誤事。墮，通「隳」。毀損；喪失。

㉙瀟然　舒暢、輕快的樣子。

㉚此官　指教授。

㉛己亥　指明神宗萬曆二十七年。

賞析

本文可分三段。第一段言北地初春，風寒猶厲，局促於一室之內，無法出遊。第二段寫趁著天氣稍為暖和，出遊滿井，看到生機蓬勃的春色。第三段言官閒事少，有心遊賞。

第二段是全文重心，寫得層次井然、動態飽滿。先寫在滿井所見的原野全景，再寫近景的水、遠景的山，而後是在這山水之間的柳、麥、遊人和沙上的鳥、水中的魚，構成一幅千姿萬態、繁複多變的初春圖畫。在這畫面上的一切，都呈現出春神眷顧之下欣欣的動態：「鱗浪層層」的水、「柔梢披風」的柳條、「淺鬣寸許」的麥苗、「曝沙」的鳥、「呷浪」的魚，以及形形色色的遊人，男的女的、品茗的、喝酒的、歌唱的、騎乘的，各有動態，各具神情，即使是靜定的山，也呈現出清新嫵媚的姿態。其次，這一幅初春圖畫，不但使人感覺有如「脫籠之鵠」般的喜悅，就連魚鳥，在牠們的「毛羽鱗鬣之間」，也「皆有喜氣」，從人的感覺和魚鳥的動態，傳神地寫出了盎然春意下郊野中的一片愉悅。再次，和首段的「局促」相比，本段的空闊自在，也充分反映出滿井一帶的春色之可貴。

用具體景物的層次鋪寫、動態描繪，寫出滿井春色的千姿百態，並從中透露作者心情的舒暢，是本文極為成功的所在。

問題與討論

一、請找出本文中的譬喻句，並說明其本體、喻體及喻意。

二、請找出本文中詞性活用的例子，並說明其詞性的變化。

三四　大雁之歌——寫給碎裂的高原

席慕蓉

導讀

本詩選自邊緣光影。以秋天南飛、春天北返的大雁，作為異鄉遊子和故鄉蒙古高原的聯繫，寫出對於故鄉前途的憂慮。

席慕蓉（西元一九四三——　），原名穆倫·席連勃，蒙古察哈爾盟明安旗人。臺灣師範大學藝術系畢業，又赴比利時布魯塞爾皇家藝術學院進修，曾任新竹師範學院美勞系教授，現已退休，專事繪畫、寫作。席慕蓉除了繪畫之外，早年以婉轉寫情的清麗詩作崛起詩壇，近年以來，關注蒙古歷史與文化的再建，詩風一變，詩境開闊。著有詩集邊緣光影、畫詩、七里香、無怨的青春、河流之歌等，散文集成長的痕跡、畫出心中的彩虹、有一首歌等。

課文與注釋

祖先深愛的土地已經是別人的了

可是　天空還在
子孫勇猛的軀體也不再能是自己的了
可是　靈魂還在
黃金般貴重的歷史都被人塗改了
可是　記憶還在

我們因此而總是不能不沉默地注視著你
每當你在蒼天之上緩緩舒展雙翼就會
刺痛我們的靈魂掀開我們的記憶
背負著憂愁的大雁啊
你要飛向哪裡？

賞析

這是一首抒情詩。不過，和席慕蓉早年抒寫少女情懷的婉約清麗，風格大有不同。這裡所抒的不是兒女情長，也和一般異鄉失意的鄉愁之作有所不同，而是抒寫對於本民族歷史、文化被扭曲碎裂的深層憂慮。詩中的鄉愁，顯得那麼迫促，那麼切身而焦慮，和一般「為賦新詞強說愁」的鄉愁之作不同。

全詩分二節。第一節排列三個句式相同、意義相近的句子，寫高原子民在土地／天空、軀體／靈魂、歷史／記憶之間的矛盾困境。就其語意而言，這矛盾和困境，是當前的事實，但作者並沒有悲觀沮喪，因為「天空還在」、「靈魂還在」、「記憶還在」，只要這些還在，高原子民仍然可以再凝聚，再建構自己的歷史、文化。

希望是有的，前途也是可以期待的；但每年南飛的大雁，總似乎在提醒著詩人：土地已經是別人的了、軀體已不再是自己的了、歷史都被人塗改了。因此，那南飛的大雁，總像是背負著憂愁。「你要飛向哪裡？」詩人這深情的一問，其實不是問大雁，而是自問，是問所有關心高原前途的同族人。這一問，可以說是反映了詩人內心的彷徨，也可以說是理智地提醒自己、也提醒所有高原的子民：我們必須確定自己的方向！

席慕蓉是蒙古族人，但她生在四川，長在臺灣，工作也在臺灣。傳承自祖先的、流在身上的高原血液，讓她以詩人的多情，凝視故鄉、凝視民族文化。濃濃的文化鄉愁，使得這首詩，詩境開闊而略帶感傷。

問題與討論

一、本詩主標題為「大雁之歌」，詩中「大雁」有什麼涵義？

二、本詩的副標題是「寫給碎裂的高原」，這個標題，對於讀者而言，作用何在？

三五　幸福何在

思　果

導　讀

本文選自橡溪雜拾。主旨在說明人生的痛苦或快樂，只是比較而已；人能夠知足、知己，進一步做到無己，才能掌握快樂的泉源，獲得真正的幸福。

思果（西元一九一八——二〇〇四年），本名蔡濯堂。江蘇省鎮江人。思果的正式學歷僅到初中一年級為止，而以勵志自修，苦學成功，是當代的散文及翻譯名家。曾任讀者文摘中文版編輯、香港聖神修院中文教授、香港中文大學訪問研究員。著有散文集橡溪雜拾、想入非非及譯著等二十餘種。

課文與注釋

享福不容易，可以說是門學問。

都怪人這種動物性情很難捉摸，所以苦樂不容易分清。一碗白菜飯，餓漢吃來，鮮美好像天上才有，富人看見，難以下箸①。有個大陸出來的人在美國一家公司工作，那裡需要職員加班，他不但每天早晚加班，連週末也照常工作，結果收入比他的主管還多。同事百般譏笑，他一概不理。不但在公司加班，他為了省錢，自己還做自己房屋的土木工程，買便宜建築材料，自己搬運，辛勞異常。有人問他，這樣生活，不太苦嗎？他說，在大陸勞改的時候，不但辛苦比現在加倍，還沒有營養，那才算苦。

所以苦樂只是比較而已。

我常常看兒子帶來的美國一種建築雜誌，那裡面華麗的房屋和裝飾家具，真叫人羨慕。這當然是只有上千萬美元家財的人才可以問津②。也許要上億。不過我再一想，住這種房屋的人日子一久，一定照樣生厭。以我來說，現在住處雖然平常，比起在香港的來，不知寬敞、幽靜多少，當初想也不敢想能住這種房屋。可是十年來，朝夕在裡面，不覺人在福中，卻常想從前樓下就是大街，買甚麼下樓就有的方便。現在除了星期一、星期三有垃圾車來，每天郵差送信，也不一定看見人，終日不見一個萬物之靈。至於舊友，更是誰也不在眼前。內子③常常嘲笑我，「你從前怨死了鬧市，現在這樣靜，又有別的不滿！」我想，即使叫我住羅浮宮④，日子一久，也會怨的。

所有極富的人絕不止有一座皇宮似的巨廈；他們到處有別墅，是不是因為怕膩呢？我要勸他們不時也住一些平民的房子，這樣，重回自己的公館，才會覺得幸福。

同樣，臨時雇員升為固定職員是一大歡喜。辦事員升為小主管，小主管升為高級負責人都是。做了高級人員久久不再上升，心裡就不很舒服，眼看有人後來居上⑤，更覺得不平。快樂就是這樣難求的。無怪古人說「知足常樂」這句話。人如果能知足，真可以傲視王侯，雖簞食瓢飲⑥，也富可敵國⑦。

抗戰期間，我在中國銀行工作。那時有位同事，人生得英俊，家裡很富有。他喜歡在風月場⑧中活動。有一天，他對我說：「你總以為我在堂子⑨裡很吃香吧。說來你不相信，我嘔氣的時候多，開心的時候少。你漂亮，還有人比你更漂亮；你有錢，還有人比你更有錢；你有空，還有人比你更空。不說別的，我們銀行裡的司機在堂子裡都比我強。」抗戰期間，司機是特別走時⑩的人物，他們可以帶「黃魚」（即搭車的客人），虛報汽油的消耗，販貨物，所以收入可觀。他說，他碰到他們，都避開。我知道，極富的富翁也煩惱。他蓋了全市最高的高樓，不多久另一富翁會蓋比他更高的樓。我們不覺得甚麼，也許覺得有趣，有一天要乘電梯上去看看遠景。可是原先樓最高的主人心裡就大不受用⑪。「你一定要把我壓下去才稱心嗎？」要等他再蓋座更高的大樓，他才滿意。這樣競爭下去，他的日子就不好過了。

有競爭心也是好的。別人的文章好，自己應該用心寫好一點；別人的德行美，自己應該多修德。譬如聖方濟⑫要做天下第一窮人，他容不得乞丐比他更窮。不過比富、比享受、比打扮，實在不可以。就連別人的詩文好，也比不得；人家有人家的學問和天分，這哪裡能比呢？才大的人如蘇東坡，不費吹灰之力，寫一首好詩，別人花一生精力也寫不出。這只有不比，自己竭力就是了。就連德也沒法比。有人愛全人類，犧牲一切都肯。我還要留些穿的、用的，還要顧營養，留下供自己的太多了。這些都是題外話。

除了知足，還要加上知己；知道自己的限度，不去跟別人比高下，才能快樂。

實在說來，快樂最大的敵人是自己。不知足，也是為了自己。有飯吃還要吃更好的，好了還要好，永不滿足，這是為了口腹。何如常常勞力，帶些飢餓，樣樣食物都好吃？有了大廈，還要更大，更宏麗的住宅，看不得別人的更好，也是為了自己，為自己的享受，為了驕人，為了把別人壓下去。爭名不用說是為己，爭不到而苦惱，也是為己。不但快樂最大的敵人是自己，自己一切的敵人都是自己。許多人失足，害他們的往往是自己。

上面提到聖方濟，他一生受盡磨折，少年作戰被俘，後來過分刻苦辛勞而營養不良，病得可憐，眼也瞎了，四十多歲就死了，他一生快樂，歌詠不休，最恨他的弟子愁眉苦臉。他快樂的泉源在於無己——他一心愛耶穌（實在就是真、美、善），把其餘全忘記，當然包括他自己。我想所有愛藝術，愛真理的人也都忘記自己。

①難以下箸（ㄓㄨˋ） 很難下筷子。意思是嫌飯菜不好而吃不下飯。箸，筷子。

②問津 洽問；探詢。津，渡口。

③內子 稱自己的妻子。也稱內人。

④羅浮宮 (Louvre) 法國巴黎的著名王宮，是西方最大最豪華的宮殿之一。現在已為博物館，收藏大量的古今藝術品。

⑤後來居上 指新進人員位居舊人之上。

⑥簞（ㄉㄢ）食瓢（ㄆㄧㄠˊ）飲 用竹容器盛飯吃，用瓠瓢舀水喝。形容生活清苦。簞，圓形有蓋的竹製容器。瓢，瓠瓜硬殼剖製成的舀水器具。

⑦富可敵國 財富可與國家相匹敵。形容極為富有。

⑧風月場 指花天酒地、尋歡作樂的場所。

⑨堂子　妓院的俗稱。

⑩走時　走時運；走好運。

⑪受用　滿意；心裡舒服。

⑫聖方濟　(Saint Francis, 1181?–1226) 義大利僧侶，聖方濟修會的創立人。父親為富豪，而他生性善良、純潔，濟貧救困，常招致父親的不滿。西元一二二八年，被冊封為聖徒。

賞析

享受幸福快樂，是每個人都夢寐以求的。但是，怎樣才叫幸福快樂，怎樣才能幸福快樂？卻是人人各有不同的認定；並且人人都在追求著幸福快樂，卻有人會陷入憂愁痛苦而不能自拔，其原因又何在？

本文提示我們：苦樂只是比較而已。這意味著人生的幸福快樂，並沒有絕對的標準，它是因人、因時、因為主觀心境和客觀條件的變動而有所不同的，它只是一種感覺而已；知足是獲得幸福快樂這種感覺的必要心態，因為不知足正是痛苦的癥結之所在。作者進一步指出：「除了知足，還要加上知己；知道自己的限度，不去跟別人比高下，才能快樂。」可以說，因為知道自己的限度，才能知足，才能快樂。至於作者所說的忘己，那已是宗教家、藝術家的境界。一個懷抱宗教胸懷或執著於藝術的人，除了真、善、美之外，一切都可以忘記——包括他自己。則世俗的憂慮、痛苦，都已不存在，那種幸福快樂，是無可取代的，也是永不會失去的。

我們都是凡人，沒有宗教家的胸懷，也沒有藝術家的造詣，但是如何避免想要追求幸福快樂卻反而惹來痛苦憂傷，或許也是值得深思的吧！

問題與討論

一、作者所說的「知己」、「無己」是什麼意思？這兩者和幸福快樂有什麼關係？

二、「快樂最大的敵人是自己」，這句話是什麼意思？你贊成嗎？

三六　槍

林雙不

導讀

本文選自大學女生莊南安。記敘在一輛深夜裡由臺北南行的計程車上，唯一的乘客與司機之間，一路上因誤會而互相猜疑、互相防範的心理過程。

林雙不（西元一九五〇——　　），本名黃林雙不。早期筆名碧竹，三十歲以後改用林雙不。雲林縣人，輔仁大學哲學研究所碩士班畢業。曾任中學教師、屏東教育局局長，現專事寫作。

林雙不從初中開始發表作品至今，創作量已達四、五百萬字，以小說的成就為最大，也最受矚目。筆名碧竹的時期，作品有時流於膚淺、蒼白，甚至草率；筆名林雙不的時期，文筆樸質，內容以關懷現實、擁抱鄉土為主。曾獲吳濁流文學獎。主要著作有小說集大學女生莊南安、班會之死、筍農林金樹等。

課文與注釋

車子愈往南駛，我愈覺得不對勁。司機始終不懷好意地透過後視鏡瞅①著我，有幾次似乎再也忍不住了，居然微偏著頭，眼睛向後掠②。

恐怕我是上了賊船了。實在不應該冒冒失失搭乘這輛野雞計程車。趁著星期假日到臺北處理一些事情，原本計畫搭十一點半的最後一班平快夜車回員林的，誰知東拉西扯，趕到火車站時，那班火車已經開走了。怎麼辦呢？星期一一大早就有課，不趕回去怎麼行？

真是的，就算一定得搭野雞車，也應該睜大眼睛啊。居然司機一說是回頭車我就上了，居然司機說載不載客都無所謂我就讓他開了。為什麼我當時沒有考慮到旅途的安全問題呢？報紙上幾乎天天有計程車司機在荒郊野外劫財搶色，甚至還要傷人，為什麼我這麼大意？

果然，車子剛過中壢吧，我就感到異樣了。就如同我前面所說的，司機一再從後視鏡瞅我，瞅得我心底發毛。當然，我身上的錢不多，又是一個大男生，實在不必害怕。可是，如果他真正心懷惡意，如果他嫌錢太少不滿意，無論如何，還是我吃虧。我悄悄打量他的體型，沒有我高，但是比我結實多了。單打獨鬥，我未必就會輸他，可是他不可能沒帶東西，而且我根本不想打。

就在這個時候，我看到他的右手從方向盤挪開，往下伸，不知在摸什麼東西，大概是扁鑽或刀子吧？車窗外一片漆黑，正是苗栗一帶的山間，歹徒下手最理想的所在。要動手了吧？我下意識坐直身子，冷汗開始往外冒。

什麼事也不曾發生。他的手又伸了上來，放在方向盤上，沒有拿什麼東西。一定是他看出我有了戒備，不敢輕率下手，在等待更恰當的時機吧？難道我就這樣束手待斃嗎？也許我可以想想辦法，化解這場危機。我不是一向自詡③最善於動腦筋的嗎？怎麼突然嚇呆了呢？或許我可以試著和他聊聊天，動之以情，讓他不好意思動手。

於是我吞了口口水，和他搭訕：

「生意好嗎？老鄉。」

他似乎嚇了一跳，過了好幾秒鐘才回答我：

「不好啊，幾乎連油錢都跑不回來。」

「不會吧？你不是回頭車？剛剛還有客人包了你的車去臺北，不是嗎？」

他不再回答。我突然想到他可能不是真的回頭車，一緊張，舌頭打結，也沉默了下來。沉默最適於培養緊張的氣氛。為什麼他不跟我聊天呢？是不是怕暴露他的口音或其他特徵，增加警方緝捕④他的可能？他當然明白，我被搶之後必定會去報案，好聰明好狡猾的傢伙！我恨恨地咬了咬牙。他又從後視鏡飛快地掠了我一眼。

這一眼非常狠毒。我有生以來不曾看過更狠毒的眼神，使我再度直冒冷汗，再度後悔自己的莽撞。即使趕不回員林上課，請一天假又有什麼大不了，何必一定要搭野雞車冒險？

算了，如果他真的要搶，就給他吧！好漢不吃眼前虧。財物嘛，生不帶來死不帶去，有人要就給他，犯不著因此打鬥傷身。不行！這麼一來，豈不是助長了惡人的氣焰？「自反而縮，雖千萬人吾往矣⑤」，無論如何，都應該和他拚鬥一番，給他一點教訓。

兩種想法交戰纏鬥，還沒有分出勝負，員林居然到了。可愛的員林！當計程車在公路局車站前一停，我立刻打開車門衝了下去。鬆了一口氣，才想到還沒有付錢給司機，便繞過車後，走到司機窗口，伸手到旅行袋裡掏錢。突然，車子往前衝，迅速拐一個彎，消失在不遠的街角上。我最後看到的，是司機無比驚惶的神色。

怔怔地⑥站在淩晨兩點左右冷冷清清的員林街頭，莫名其妙地把車錢再度放入旅行袋，才看見旅行袋的右方開口突出一截槍管。那是我在臺北特地為孩子買回來的玩具槍，槍管太長了，無法全部塞進旅行袋。

①瞅（ㄔㄡˇ） 看。

②眼睛向後掠 用眼睛的餘光向後快速掃視。掠，斜抄著過去。

③自詡（ㄒㄩˇ） 自誇。詡，說大話。

④緝（ㄑㄧˋ）捕 搜捕。緝，搜索。

⑤自反而縮（ㄙㄨˋ）二句 自我反省的結果，所作所為是正直的，就算對方有千萬人，我也勇往直前。縮，正直。

⑥怔（ㄉㄥˋ）怔（ㄉㄥˋ）地 發呆的樣子。

賞析

這一篇小說，只有單一的時空、事件和人物，讀起來卻引人入勝，主要原因是作者充分營造了「懸疑」的氣氛。作者一起筆就製造懸疑、製造緊張的氣氛，而且從頭到尾絕不放鬆，也絕無冷場，逼著讀者非得讀下去不可。雖然越讀越融入故事裡面，跟著小說中的「我」，一起情緒起伏，一起擔心、一起緊張；但不讀下去，就不能知道結局，不知道結局，緊張就無法解除。結局雖然意外，卻不會讓讀者大呼上當，只會大大鬆了一口氣，感覺舒暢與愉悅，這種感覺是相當會心的。

所謂「懸疑」，就是作者在小說情節中，讓讀者產生關心故事發展、結局的緊張狀態。就這一篇小說而言，「我」和司機之間，因誤會而猜疑，而緊張。「我」誤以為司機心存不軌，而司機則是把「我」帶在旅行袋裡的玩具手槍，誤認作是真槍。這樣的誤會，小說中的「我」最終是冰釋了。但作者把這結局留在最後，而著力描述那誤會的過程，這就造成了讀者的「懸疑」。作者在這篇小說中，就是充分掌握那「誤會」的元素，營造出相當成功的「懸疑」氣氛。

問題與討論

一、這一篇小說的「懸疑」效果很好，請問作者是利用什麼元素，來營造出懸疑的？

二、這一篇小說的主角（「我」）是乘客，如果換成是司機，可不可能同樣有「懸疑」的效果？為什麼？

應用文

書信

壹、書信的結構

一封書信可有兩大部分：寫在信封上的文字叫封文，信箋上的叫箋文。

一、封文的結構

書信傳遞通常用郵寄，也可託人帶交，這兩種方式，其封文結構有所不同。茲以郵寄封為例。

㈠中式信封　中式標準信封是直行，信封上印有長方形的紅色線框。依此紅色線框為準，信封可分為三部分，即框右欄、框內欄、框左欄。即使是沒印長方形紅色線框的信封，應用時也要在心裡認為它有框，依照一般有紅色線框的格式來書寫。

例一

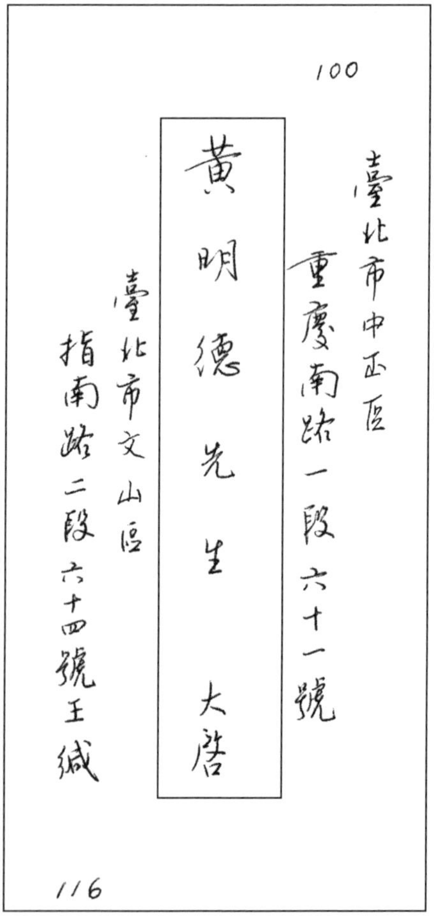

依上例，一封完整的郵寄封，其封文結構可有：

1. 框右欄　受信人地址、郵遞區號。
2. 框內欄　受信人姓、名、稱呼、啟封詞。
3. 框左欄　發信人地址、姓、緘封詞、郵遞區號。

框左欄緘封詞是給受信人看的，受信人是長輩要用「謹緘」，是平輩或晚輩可一律用「緘」。框內欄啟封詞是對受信人說的，通常有兩個字，下一字是「啟」，上一字則配合發、受信人的關係而定（詳請參看第十二頁「書信用語簡表」）。書寫時，啟封詞首字應與其上面一字有較大的間隔，以示敬意，如「黃明德先生　大啟」。至於框內欄姓、名、稱呼的組合方式，除例一之外，尚有如下三種：

例二

黃明德主任　大啓

例三

黃主任明德　大啓

例四

黃主任明德　大啓

從例一到例四的四種寫法都是正確的，而禮貌意味依次加濃。如果受信人有字或號，除非是掛號等須簽字、蓋章，或憑證件才能領取的郵件，否則可逕寫字號而不寫名，也是一種表示禮貌的方式。

例四的「明德」二字側右而略小，這叫「側書」。封文上的側書，是對受信人表示尊敬、禮貌，有不敢直呼對方名字的意思。在使用時須注意：

1. 側書只能用在受信人的名或字號，不可用在受信人的稱呼或職位，也不可用在啟封詞。

2. 側書只用在依「姓、稱呼（職位的）、名」之順序的組合，如例四。若用先生、女士、小姐等一般的稱呼，則應依例一所示，而不適用側書。像：「黃先生明德　大啟」、「黃明德先生　大啟」、「黃明德先生　大啟」、「黃主任明德　大啟」、「黃明德主任　大啟」、「黃明德主任　大啟」等，都是錯誤的。

㈡西式信封　西式信封的寫法，本是橫封橫寫的。傳入中國後，有人用橫封橫寫，也有人用橫封直寫。

1. 橫封橫寫式

⑴受信人的地址寫在橫封的中央，自左向右。

⑵受信人的姓名、稱呼、啟封詞，寫在地址的下面一行。

⑶受信人的郵遞區號橫寫於受信人地址的上面一行。

⑷發信人的郵遞區號、地址、姓名橫寫於左上角部位，或信封的背面。

⑸郵票貼在右上角。

2. 橫封直寫式

⑴受信人的姓名、稱呼、啟封詞寫在信封的中央。

⑵受信人的地址寫在受信人姓名的右邊，但不可高於受信人姓名的第一字，以示敬意。郵遞區號橫寫在地址的上方。

⑶發信人的地址寫在受信人姓名的左邊，且應略低於受信人的地址。郵遞區號寫在緘封詞的下方。

⑷郵票貼在右上角。

㈢明信片　明信片的正面，其結構和信封相同，但明信片不封口，所以框內欄不用啟封詞而代以「收」字，框左欄不用緘封詞，而代以「寄」字。不過，正式的、給長輩的書信，切忌使用明信片。

橫封橫寫式

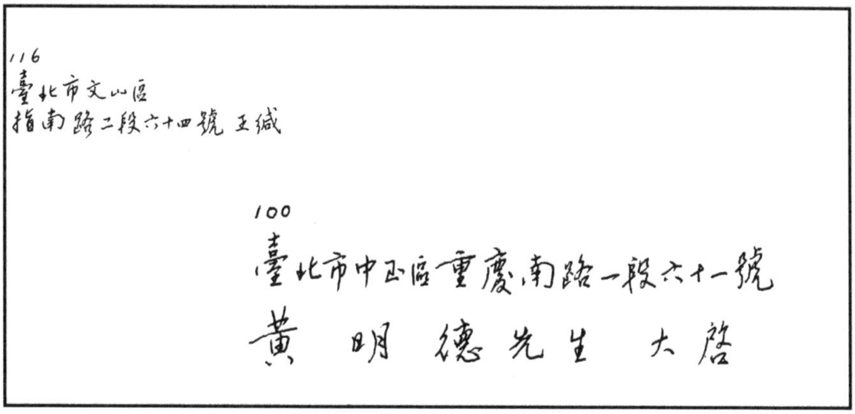
116
臺北市文山區
指南路二段六十四號 王緘
100
臺北市中正區重慶南路一段六十一號
黃 明 德先生 大啓

橫封直寫式

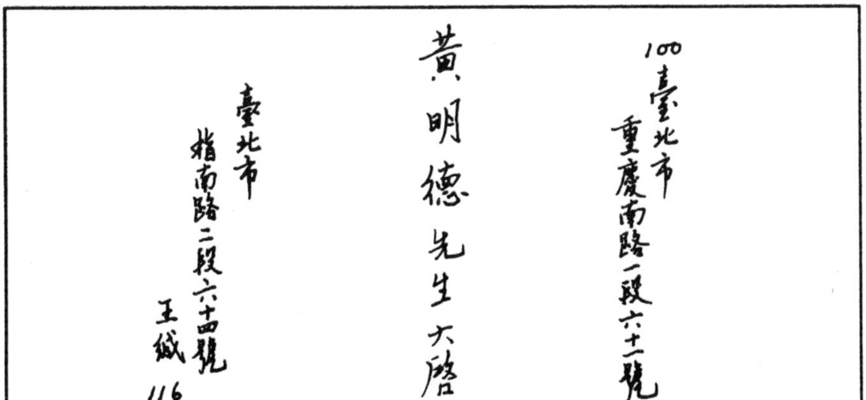
100
臺北市
重慶南路一段六十一號
黃明德 先生 大啓
臺北市
指南路二段六十四號
王緘
116

二、箋文的結構

一封箋文，可以具備十三個項目。

例五　贈特產

明德吾兄大鑒：久疏箋候，時深馳念。敬啟者，本月十二日，弟有鹿港之行，盤桓二日，得友人鹿港文教基金會　施君為導覽，遍歷其文物古蹟，體味其民情風俗，並聆賞其南管樂團雅正齋之演奏，洋場積垢，為之滌蕩，亦浮生一快也。臨別又承惠特產牛舌餅、鳳眼糕各兩盒，香甜甘美，誠絕佳之茗點也。品嚐之餘，不敢獨享，茲謹分其半，奉贈吾　兄以同領其風味，敬祈哂納。專此奉達，敬請

大安

弟王中強頓首　〇月〇日

嫂夫人乞代致意　　內子附筆候安

牛舌餅、鳳眼糕各一盒，另郵寄。

再者：育英兄日內北上，屆時盼一聚。又啟。

依上例，其項目依次為：

㈠稱謂　「明德吾兄」屬之。這是對受信人的稱呼，在信箋第一行最高位置書寫。箋文中的稱謂可以包括名（字、號）、公職位、私關係、尊詞四者，如「〇〇校長吾師大人」，「〇〇」是名（字、號），「校長」是公職位，「吾師」是私關係，「大人」是尊詞。這四者可依據實際狀況，斟酌組合，並非每一稱謂都要四者全

備。

㈡提稱語　「大鑒」屬之。這是請求受信人察閱箋文的意思，緊接稱謂書寫，下加冒號「：」。依書信發受雙方的不同關係，提稱語各有不同，但現行書信，通常不太使用提稱語。

㈢開頭應酬語　「久疏箋候，時深馳念」屬之。這是述說正事之前的客套話，有如朋友見面時的寒暄。舊式書信在提稱語下同行書寫，現行書信可在次行書寫，空二格。此一項最好配合正文或雙方交往狀況，簡單貼切地說，避免套用陳腔濫句或太過冗長；有時開門見山，直接說出正事，不用開頭應酬語也可以。

㈣啟事敬詞　「敬啟者」屬之。這是述說正事前的發語詞，現行書信多已不用。

㈤正文　從「本月十二日」到「奉贈吾　兄以同領其風味」屬之。這是箋文的主體，內容視實際情況而定，須力求語氣誠懇、條理清楚。舊式書信緊接啟事敬詞書寫，現行書信若不用啟事敬詞，可另行空二格書寫。

㈥結尾應酬語　「敬祈　哂納」屬之。也以配合正文或雙方交情為原則，有時也可以不用。

㈦結尾敬語　「專此奉達，敬請　大安」屬之。這是箋文結束時向受信人表示禮貌的意思。其中「專此奉達」叫敬語，現行書信此一部分往往省略，或僅用前二字；「敬請　大安」叫問候語，問候語中的「○安」二字須另行頂格書寫。

㈧自稱、署名、末啟詞　「弟王中強頓首」屬之。在問候語「○安」下同行或另行書寫，其高度以不超過信箋直行的二分之一為原則。其中自稱依相互關係而定，側右略小書寫以表示謙遜。署名絕不可用字、號替代，關係親近者不必寫姓，若在守祖父母或父母之喪時，則姓下名上側書一「制」字。

㈨寫信時間　「○月○日」屬之。可在末啟詞右下、左下、正下方，成一行或兩行書寫。

(十)並候語　「嫂夫人乞代致意」屬之。這是請受信人代向他人問候的意思，其書寫位置在問候語的次行；如被問候者為受信人的平輩或晚輩，則其首字應比「○安」稍低，若為長輩，則與「○安」齊平。正式的信，以不附並候語為宜。

(十一)附件語　「牛舌餅、鳳眼糕各一盒，另郵寄」屬之。其位置在並候語次一行，略低書寫，如無並候語，則在問候語次一行，略低書寫。此項依附件有無而定，無附件則免。

(十二)附候語　「內子附筆候安」屬之。這是發信人的家人或朋友附筆向受信人致問候之意。其位置在署名的左側，高度依附候人輩分而定，如附候人為發信人長輩，則附候語在署名左側略高處書寫，餘可類推。正式的信以不附附候語為宜。

(十三)補述語　從「再者」到「又啟」屬之。這是用來補充箋文遺漏的。正式的信，以不附補述語為宜。

以上十三個項目，並非每封箋文都要全備，可依人、事的不同狀況而斟酌省略。

貳、書信的款式

書信的行款格式是否恰當，不但攸關禮貌，也表現出寫信人的學養；上文講書信的結構，對於個別項目的行款格式已有簡要說明，茲再就其整體，敘述書信行款應注意的事項：

(一)信封以中間有長方紅框的中式信封為最正式。如用西式信封，以純白的為最大方。以西式信封寫信給長輩，可將原來的橫封豎直，依中式信封格式直寫；給平輩或晚輩，亦可依原來的橫封依中式信封格式直寫。如為弔喪的信，信封宜用素色，或將長方紅框塗成藍或黑色，也可用純白西式信封，採直封直寫的款式。

㈡如須寫受信人服務機構，則其位置在框右欄地址之左，另行書寫，高度與受信人的姓齊平，不可寫「轉交」；如託人轉交，則轉交人姓名亦在框右欄地址之左，高度與受信人的姓齊平，下寫「轉交」二字。

㈢封文中以受信人的姓居最高位置，緊接框內欄上橫線，但不可觸線。其他凡書寫的字，都不可高過受信人的姓。啟封詞的「啟」字，緊接框內欄下橫線書寫。

㈣信紙以白底紅線的八行紙最正式，十行或十二行亦可。居喪或弔唁要用全白信紙，忌用有紅線的；居喪者如在信箋上蓋印，其顏色應為藍色。

㈤箋文中的「抬頭」是表示尊敬。其使用時機有二：1.涉及受信人的字眼，如「　尊府」、「吾　兄」；2.提到自己的尊親屬，如「　家伯」、「　家嚴」。其格式最通用的是平抬、挪抬。平抬是將抬頭的字另行頂格書寫，如例五「敬祈　哂納」；挪抬是將抬頭的字低一格在原行書寫，如例五「奉贈吾　兄以同領其風味」。

㈥由於抬頭，使得原行沒有寫到底，謂之「吊腳」。這種現象雖不能避免，但一封箋文至少須有一行寫到底，不可全箋吊腳，致予人以虛浮的印象。

㈦將字側在行右略小書寫謂之「側書」。側書可用以代抬頭，表示敬意，如信封框內欄將受信人的名或字、號側書即是；也可用以表示謙遜、不敢居正的意思。箋文中凡自稱或稱與自己有關的事物、卑親屬，都要側書，如例五「弟有鹿港之行」。凡屬側書，最好不在一行的開頭出現。

㈧信紙摺疊可先直立左右對摺，使箋文在外，而後從下方向後向上摺一小方。裝入信封時，使受信人的稱謂緊貼信封正面。

參、箋文舉例

一、向友人借書

大文學長：

好久不見，您好嗎？

學校快放寒假了，三週的假期，不知您有什麼安排？我準備在假期中好好加強自己的國文能力，讀一些名家散文。記得您有一部「中國近代名家散文選析」，不知可否借我一讀。如果蒙您允許，我會親自到　府上拿回。借來的書，我一定好好珍惜，絕不至於汙損，並且下學期註冊前一定歸還，請放心。祝

學安

弟　大展拜啟　〇月〇日

二、覆　信

大展學兄：

您我九年同窗，情逾手足，即使汙損了借去的書，難道我會介意，或要您賠償嗎？您也未免太見外了。

除了「中國近代名家散文選析」，我這兒還有小說和新詩的選本，又有「古文觀止」、「唐詩

三百首」，您隨時可來挑選。期考快到了，您都準備好了吧？加油！祝

順利

弟
大文　〇月〇日

三、慰友人生病

大展學兄：

連續兩天不見您來上課，早晨在訓導處遇見　令兄，才知道您因感冒引起急性肺炎，正住院療養。

我把這消息帶回班上，大家都很關心。經過熱烈討論，決定由我寫信向您表示慰問，並推派代表，在這個星期六下午去探望您。

感冒的可怕，在於它會引起一些併發症，所以必須盡快就醫。這次，大概是您不肯吃藥的老毛病又犯了，才會那麼折騰。幸好您身體很壯，本錢夠，應當不會有大礙。

我也是「慰問團」的成員，星期六下午見。祝

早日康復

弟
大文　〇月〇日

四、覆　信

大文學長：

謝謝您，謝謝大家。

您說得對，這次住院完全是因為太小看了感冒的威力，以至於自己受苦，還連累親人，驚動朋友，實在慚愧。好在現代醫藥發達，打過點滴，吃了藥，燒已全退，只要再休息一兩天就可以到校上課。再次謝謝大家的關心。祝

平安

弟 大展 〇月〇日

肆、書信用語簡表

類別						
對象	祖父 祖母	伯（叔）祖父 伯（叔）祖母	父親 母親	伯（叔）父 伯（叔）母	兄 嫂	弟 弟婦
稱謂	祖父大人 祖母大人	伯（叔）祖父大人 伯（叔）祖母大人	父親大人 母親大人	伯（叔）父大人 伯（叔）母大人	〇哥 〇嫂	〇弟 〇〇妹
提稱語	膝下 膝前	尊前 尊鑒	膝下 膝前	尊鑒 賜鑒		惠鑒 雅鑒
啟事敬詞	敬稟者 謹稟者	敬肅者 謹肅者	敬稟者 謹稟者	敬肅者 謹肅者	敬啟者 謹啟者	茲啟者 啟者
敬語	耑肅 肅此	肅此 敬此	耑肅 肅此	肅此 敬此	敬此 謹此	耑此 草此
問候語	敬請□福安 敬請□金安	敬頌□福祉 敬請□福安	敬請□福安 敬請□金安	敬請□崇安 敬頌□崇祺		順頌□時祺 即頌□近佳
自稱	孫 孫女	姪孫 姪孫女	男（兒） 女	姪 姪女	弟 妹	兄 姊
末啟詞	謹稟 叩上	謹上 肅上	謹稟 叩上	謹上 拜上	謹上 敬上	手書 手啟
啟封詞	福啟		安啟		大啟 台啟	

家族								
姊	妹	夫	妻	兒 / 女	媳	姪 / 姪女	孫 / 孫女	姪孫 / 姪孫女
○姊	○妹	○○夫君 / ○○夫子	○○吾妻 / ○○妹	○○吾女兒 / ○○女兒	○○賢媳	○○賢姪 / ○○賢姪女	○○吾孫 / ○○孫女	○○姪孫 / ○○姪孫女
尊鑒 / 賜鑒	惠鑒 / 雅鑒	大鑒 / 偉鑒	惠鑒 / 雅鑒	知之 / 收悉	如晤 / 英覽	青鑒 / 青覽	知悉 / 收悉	如晤 / 收悉
敬啟者 / 謹啟者	茲啟者 / 啟者	敬啟者 / 謹啟者						
敬此 / 謹此	耑此 / 草此	耑此 / 特此		此諭	手此 / 草此		此諭	草此 / 手此
敬請□崇安 / 順頌□時綏	順頌□時祺 / 即頌□近好	敬請□台安 / 敬頌□時祺	順請□妝安 / 順請□閫安		即問□近安 / 順問□近祺			即問□近好 / 即頌□近佳
弟 / 妹	兄 / 姊	妻 / 妹	夫 / 兄	父 / 母	愚舅(父) / 愚姑(母)	伯(叔) / 伯(叔)母	祖 / 祖母	伯(叔)祖 / 伯(叔)祖母
謹上 / 敬上	手書 / 手啟	敬啟 / 拜啟	頓首 / 再拜	字 / 示	手書 / 手啟	手書 / 手字	示 / 字	手書 / 手字
				收啟				

親戚									
姑丈、姑母	外祖父、外祖母	舅父、舅母	姨父、姨母	岳父、岳母	姊夫	表兄、表嫂	外孫、外孫女	甥、甥女	女婿
姑父大人、姑母大人	外祖父大人、外祖母大人	舅父大人、舅母大人	姨父大人、姨母大人	岳父大人、岳母大人	○○姊丈、姊倩	○○表兄、表嫂	○○賢外孫、外孫女	○○賢甥、甥女	○○賢婿、倩
尊前、尊右				賜鑒、侍右	台鑒、大鑒		青覽、青鑒		
敬肅者、謹肅者					敬啟者、謹啟者				
肅此、敬此					耑此、謹此		手此、草此		
敬請□崇安、敬頌□崇祺	敬請□福安、敬頌□福綏	敬請□崇安、敬頌□崇祺			敬請□台安、順頌□時祺		即問□近好、順問□近佳		
姪、姪女	外孫、外孫女	甥、甥女	姨甥、姨甥女	子婿、婿	內弟(弟)、姨妹(妹)	表弟、表妹	外祖、外祖母	愚舅、舅母	愚岳、岳母
拜上、敬上					頓首、拜啟		手啟、手書		
安啟	福啟	安啟			台啟、大啟		收啟		啟

師生						世交				
太老師、太師母	老師	師母	師丈	男學生	女學生	長輩		平輩	晚輩	同學
太夫子大人、太師母大人	○○吾師、夫子	師母	○○師丈	○○學弟、賢棣	○○學妹、女弟	世伯（叔）父、母	仁（世）丈	○○吾兄（弟）、姊（妹）	○○兄、世台	○○學長、兄（姊）
崇鑒、賜鑒	函丈、壇席	崇鑒、賜鑒		如晤、雅鑒		尊鑒、尊右		台鑒、大鑒	雅鑒、惠鑒	硯右、大鑒
敬肅者、謹肅者						敬啟者、謹啟者		敬啟者、謹啟者		
肅此、耑肅	敬此、肅此			手此、草此		肅此、敬此		耑此、特此		
敬請□崇安、敬頌□崇祺	敬請□教安、恭請□誨安	敬請□崇安、敬頌□崇祺		即問□近好、即祝□進步		敬請□崇安、敬請□鈞安		敬請□台安、順頌□時祺		
小門生、門下晚生	受業、學生	學生		小兄、愚姊		世姪、姪女	晚	弟（兄）、妹（姊）	愚	學弟、妹
拜上、敬上				手啟、手書		拜上、謹上		再拜、頓首	敬啟、手啟	再拜、頓首
安啟、道啟				啟、大啟		鈞啟、賜啟		大啟、台啟	啟	大啟、台啟

		各界							
朋友	朋友夫婦	政界長輩	軍界長輩	商界長輩	學界長輩	政界平輩	軍界平輩	商界平輩	學界平輩
○○仁兄 姊	○○吾兄 夫人	○○公主席 ○○公局長	○○公將軍 ○○公師長	○○公董事長 ○○公總經理	○○公校長 ○○公教授	○○司長吾兄 ○○先生 ○○女士	○○連長吾兄 ○○營長吾兄	○○經理吾兄 ○○課長吾兄	○○教授吾兄 ○○主任吾兄
大鑒 台鑒	雙鑒	鈞鑒 勛鑒	麾下 幕下	賜鑒 崇鑒	道鑒 麈次	惠鑒 閣下	麾下 幕下	台鑒 大鑒	雅鑒 左右
		敬肅者 謹肅者				敬啟者 謹啟者			
		肅此 敬此				專此 特此			
	敬請□□儷安 敬頌□□儷祺	恭請□□鈞安 敬請□□勛安	敬請□□戎安 恭請□□麾安	敬請□□崇安 敬頌□□崇祺	敬請□□鐸安 敬頌□□崇祺	順請□□政安 順頌□□勛祺	順請□□軍安 順頌□□勛祺	順頌□□籌祺 順請□□大安	順頌□□文祺 順請□□撰安
弟 妹		後學 晚				弟 妹			
		敬上 謹上				拜啟 謹啟			
		鈞啟 勛啟		鈞啟	道啟 鈞啟	台啟 大啟			

方外					
比丘	比丘尼	道士	神父	牧師	修女
○○上人、法師	○○老師太、師太	○○法師	○○神父、司鐸	○○牧師	○○修女
方丈、有道	有道、道鑒	法鑒	有道、道鑒		
敬啟者、謹啟者					
專此、特此					
敬請□道安、敬頌□道祺					
拜啟、謹啟					
道啟、大啟					

說明

㈠表中各欄如為空白，表示該關係中可以不用術語，如父親寫信給兒子，可不用啟事敬詞、問候語。方外一類，凡屬信徒，可自稱「信士」、「信女」、「弟子」（佛、道）或「主內」（基督），否則，直接署姓名即可。

㈡稱謂欄中，凡「○」或「○○」，表示須寫受信人的名或字、號，如係家族，可稱其排行，如「二哥」、「三嫂」。

㈢凡稱自己家族親戚的尊輩，加一「家」字，如「家父」、「家兄」；卑輩加一「舍」字或「小」字，如「舍弟」、「小女」。若已亡故，則「家」字改為「先」，如「先慈」、「先叔」；「舍」字「小」字改為「亡」，如「亡姪」、「亡弟」。

(四)稱人親族，加一「令」字，如「令千金」、「令尊」；或加一「貴」字，如「貴親」。

(五)稱人父子為「賢喬梓」，自稱「愚父子」；稱人兄弟為「賢昆仲」、「賢昆玉」，自稱「愚兄弟」；稱人夫婦為「賢伉儷」，自稱「愚夫婦」。

(六)「夫子」常為妻對夫的稱呼，女學生不宜用以稱呼男老師。

(七)「仁丈」、「世丈」指確有世交之誼，年長於己，行輩不易確定的對象。

(八)受信人有喜慶，如結婚、生子、壽誕，提稱語可用「吉席」。弔唁的信，提稱語可用「禮席」、「苫次」，啟封詞可用「禮啟」、「素啟」。發信人居喪，提稱語可用「矜鑒」。

(九)問候語一欄中的「□」，表示其下的字應另行頂格書寫。

習作題

一、試撰寫向父母（或親友）稟告近日在校學習情況函（附信封）。

二、全班舉辦郊遊活動，試撰寫邀請導師及任課教師參加函（附信封）。

对聯

壹、對聯的種類

就用途來說，對聯可分為四大類：

一、春聯　新年專用的門聯。

二、楹聯　宅第、亭閣、祠廟、商店等楹柱上所用。

三、賀聯　賀人婚嫁、壽慶、新居、開業等所用。

四、輓聯　哀悼死者所用。

對聯應用的範圍非常廣泛，內容也非常複雜，上面所列的四類，不過舉其大者，並非僅此而已。

貳、對聯的寫作

一幅對聯是由上聯和下聯配合而成。上、下聯的字數、句數、句型必須相同，詞性、平仄兩兩相對。普通的對聯，少則四、五字，多則二、三十字，一、二百字以上的對聯也有，但並不多見。字數的多寡、句子的長短，並無嚴格的規定，全由作者視需要決定。而且對聯不限文言、白話，一切詩文詞曲的句子，甚至於方言俗語，都可採用。只是寫作時，仍應遵守下列四項要點：

一、平仄協調

對聯的上下聯，必須平仄相對。要使平仄協調，首須明瞭文字的四聲，通常以「上」、「去」、「入」三聲為仄聲，「陰平」、「陽平」統稱平聲。有關句子的格律，也就是怎樣來協調平仄的問題，一般通例，上聯的末一字，必須是仄聲；下聯的末一字，必須是平聲。這是對聯「仄起平收」的原則，不可隨意移易。如：

花開富貴（平平仄仄）
竹報平安（仄仄平平）

如果一聯之中，分為若干句，那麼上聯的每句末一字，和下聯每句末一字亦須互分平仄，如：

天上月圓人間月半月月月圓逢月半
今夕年尾明朝年頭年年年尾接年頭

上聯「圓」平，「半」仄；下聯「尾」仄，「頭」平。至於每句當中，平仄也應當協調。例如三字句，不可全平或全仄。四字句，則前二字為平，後二字為仄；或前二字為仄，後二字為平。六字句，則為「仄仄平平仄仄」，或「平平仄仄平平」。如為五、七字句，則比照近體詩的格律，這樣全聯的聲韻才能和諧。本來對聯的上下聯，相對稱的每一個字都應平仄相偶，才算工整，不過有時為事實所限，如果過於考究格律，可能以辭害意，所以有「一三五不論，二四六分明」的變通辦法。但五字句的第五字正是末一字，那就非論不可了。

二、對仗工整

寫作對聯時，上下聯的意思，必須連貫，而且要講求對仗，不但句型相同，詞性也要相同，也就是名詞對名詞，動詞對動詞，形容詞對形容詞，……以及數字對數字，聲音對聲音，顏色對顏色，……這是對聯的正格。古人的名作中，有許多都與此暗合，例如王維的觀獵：

草枯鷹眼疾
雪盡馬蹄輕

若以現代的國語文法來分析：「草」和「雪」是名詞，「枯」和「盡」是形容詞，「鷹眼」和「馬蹄」都是名詞，「疾」和「輕」是形容詞，上下聯的詞性完全一致。

三、辭意貼切

對聯有一定的寫作對象，認定對象，抓住題旨，然後再去著筆造句，白描也好，借用典故也好，都必須與對象有關，而且要力求貼切。如文天祥孟姜女廟聯：

始皇安在哉萬里長城築怨
姜女未亡也千秋片石銘貞

這一幅對聯，對象為孟姜女廟，主旨為頌揚千里尋夫、哭倒長城的精神。上聯說秦始皇築長城招致民怨，身死何益？下聯說孟姜女貞行動人，得到千秋俎豆，雖死猶生。貼切自然，一氣呵成。

四、行款正確

對聯的行列格式及題記，應注意下列五點：

㈠通常由上而下書寫。
㈡正文的字必須大於題款的字。通常上款書於上聯正文的右側，應比正文略低起寫；下款書於下聯正文的左側，約當正文的中間部位起寫。
㈢長聯字多，可分列數行：上聯由右而左，下聯由左而右，除末一行外，皆須到底，而且上下聯每行字數要一樣；末一行必須空出相當地位，以便上下款書寫在這上下兩聯的空白位置上。這種寫法，稱為「龍門式」，看起來很整齊。
㈣印章蓋在署名之下，約當一個字的間距。
㈤不用標點符號。

參、對聯的範例

一、春　聯

㈠一元復始（上聯，以下各例皆同）　三陽開泰
萬象更新（下聯，以下各例皆同）　萬象回春

普天開景運
大地轉新機

花開春富貴
竹報歲平安

爆竹一聲除舊
桃符萬戶更新

花好月圓人壽
時和世泰年豐

中興氣象隨春至
積善人家納福多

天增歲月人增壽
春滿乾坤福滿門

爆竹二三聲人間改歲
梅花四五點天下盈春

瑞日芝蘭光世澤
春風棠棣振家聲

數不盡春光門前綠樹階前瑤草
看將來得意千里晴空萬里青雲

二、楹聯

(一)第宅類

大門：
平安即是家門福
孝友允為子弟箴

廳堂：
傳家有道惟忠厚
處世無奇但率真

海納百川有容乃大
壁立千仞無欲則剛

書房：
書有未曾經我讀
事無不可對人言

世上幾百年舊家無非積德
天下第一件好事還是讀書

客房：莫放春秋佳日去，最難風雨故人來
　　　嘉賓蒞臨輝增蓬蓽，憑窗對話座滿春風

園亭：水色山光皆畫本，花香鳥語是詩情
　　　園中草木春無數，湖上山林畫不如

(二)祠廟類

祠堂：禮樂繩其祖武，詩書貽厥孫謀
　　　舉目思祖功宗德，存心為孝子賢孫

孔廟：祖述堯舜憲章文武，德參天地道冠古今

關廟：精忠昭赤日，大義貫青天

城隍廟：處暗室勿欺心有天地鬼神鑒臨上下，入迷途快回首怕吉凶禍福報復循環

(三)商店類

商業：根深葉茂無疆業，源遠流長有道財
　　　五湖寄跡陶公業，四海交遊晏子風

工業：善事必先利器，周官不缺考工

書局：藏古今學術
聚天地精華

報社：暢談中外事
洞悉古今情

旅館：隨地可安身莫訝乾坤為逆旅
當前堪滿意且邀風月作良朋

銀樓：四時恆滿金銀氣
一室常凝珠寶光

水果店：沉李浮瓜添雅興
望梅剝棗佐清談

三、賀聯

賀結婚：百年好合
五世其昌

二姓聯盟成大禮
百年偕老樂長春

賀男壽：南山欣作頌
北海喜開樽

室有芝蘭春日永
人如松柏歲華新

賀女壽：瑤池春不老
壽域日方長

萱草春長不老
玉樹枝發更多

賀雙壽：白首相莊多樂事　朱顏並駐樂長生

賀遷居：擇里仁為美　安居德有鄰

里有仁風春日永　家餘德澤福星明

賀新居：堂構鼎新垂世澤　箕裘晉步振家聲

畫棟雕梁齊稱傑構　德門仁里共慶安居

賀開張：基業宏開懋遷有術　貨財恆足悠久無疆

四、輓聯

輓男喪：天不遺一老　人已足千秋

大雅云亡空懷舊雨　哲人其萎悵望高風

輓女喪：風木有餘恨　瞻依無盡時

繐幃驚聽安仁句　椎髻猶留德曜風

輓學界：學子失師表　老成有典型

輓業師：當年幸立程門雪　此日空懷馬帳風

輓政界：政績應書循吏傳　謳歌早勒去思碑

輓軍界：一身肝膽生無敵　百戰靈威歿有神

輓商界：忠厚存心市井咸欽盛德　音容隔世經營空惜長才

以上實例，應用時，上聯居右，下聯居左，不可錯亂。所謂左右，是依人的位置而言，亦即人在對聯的對面，人的左手邊為左，右手邊為右。

習作題

一、試作春聯一幅。

二、除了課本所舉的例子，你是否看過其他的對聯？請說出來與同學分享。

題辭

題辭是用簡單的語句來表達祝頌、褒揚、獎勵、祝福或哀悼等等的心意。在應酬文字中題辭是最簡短的。它沒有固定的格式，少的只有一兩個字，至多也不過幾句話，通常用得最多的是四個字的題辭。

壹、題辭的種類

題辭的適用範圍極廣，可歸納為下列五類：

一、幛軸類

如喜幛、壽幛、喜軸、壽軸、輓幛、輓軸等皆是。

二、匾額類

如寺廟、廳堂、廊廡亭臺、牌坊、園林、商店開業、新居落成、及第、當選等常用。以橫（豎）長方形木版橫刻正文漆飾，懸掛於醒目處。

三、題像類

通常用於紀念性集刊或訃聞上，請人在肖（遺）像上題數句讚辭，或者逕寫「某某先生（女士）之肖（遺）

像」。

四、冊頁類

分宣紙精裱及普通紀念冊兩種。前者多請書法家或詩文傑出者題辭留念，後者多請師友、同學題字勉勵。

五、一般類

如著作、書刊、比賽獎牌、銀盾、獎杯、錦旗、賀生育金飾、壽屏等。

貳、題辭的寫作

題辭的文字至為簡短。表面上看起來，似乎比其他應酬文字來得簡單、省事；但事實上，越是字少，越不好做，既要辭簡，又要意切，不能不經一番錘鍊的工夫。玆將題辭的寫作方法，分成四點說明如下：

一、取材適當

寫作題辭，首先要認清對象。對哪種事，用那一類的詞句；同時更要注意對方是什麼人，身分、年齡、性別、職業、宗教、彼此的關係等，都要顧慮到，然後貼切地用一個適當的句子。

二、音節協調

題辭一方面當求其切，一方面又要求其美，聲韻便是美的一種。題辭通常四字，它的音節必須「平開仄合」，或「仄起平收」，使第二、第四字平仄有變化。如「珠聯璧合」，第二字是平聲，第四字是仄聲，此即「平開仄合」；「五世其昌」，第二字仄聲，第四字平聲，此即「仄起平收」。

三、措辭雅馴

詞句雅馴，也是美的一種。即使幛軸之類的物品，不過臨時懸掛而已，但總以使人看了能引起美感，方為上乘之作。何況有些題辭是具有永久性的，例如寺廟、廳堂的匾額，或刻木，或勒石，都不容易磨滅，如果題上一些粗俗不堪的字句，適足貽笑大方，那還不如藏拙了。

四、行款正確

題辭通常自上而下直寫，或從右到左橫寫，並配合上下款。書寫時應注意下列各點：

(一)匾額及橫書者，正文由右而左，題於中央；如有款識，由上而下，直行書寫。上款在右上方；下款在左方，約當中間部位起寫。

(二)正文直書者，題於中路，由上而下。

(三)正文的字必須大於上下款的字。

(四)凡具有紀念價值，或可供長久懸掛的，通常在下款的左側，還要加書一行致贈者姓名或奉獻的日期。

(五)上款包括接受者的稱謂和禮事敬詞，寫法如下：

1. 稱謂　對於一般親友，可依書信箋文中對受信人的稱謂方式來書寫。但對已婚且為人母的女性，長輩稱為「○母○太夫人」，平輩稱為「○母○夫人」（上一個○是她的夫家姓氏，下一個○是她的娘家姓氏）；已婚而未生育的女性，則稱為○○女士。至於奉獻寺廟的匾額，或名勝古蹟中的題辭，通常不加上款；題贈各種比賽，多半要書寫比賽的名稱。

2. 禮事敬詞　在接受者的稱謂之下，通常空一格，再書寫禮事敬詞。常用禮事敬詞表列於下：

種類	用語	用法
婚嫁	訂婚之喜・文定之喜	賀訂婚
	結婚之喜・結婚誌慶・嘉禮	賀結婚
	于歸之喜	賀嫁女
喜慶	弄璋之喜	賀生子
	弄瓦之喜	賀生女
	〇秩大壽・〇秩晉〇大慶	賀壽誕
	〇齡雙壽・〇秩雙慶	賀人夫婦雙壽
	開張誌慶・開幕誌慶・開業誌慶	賀開張或開業
	喬遷之喜	賀遷居
	新廈落成誌慶	賀落成
	榮退紀念	送退休
喪	靈鑒・靈右・靈座	喪悼通用
	靈幃	悼女喪
	千古・冥鑒	悼男喪，不適用基督教徒
	仙逝・鸞馭	悼女喪，不適用基督教徒
	生西	悼佛教徒
	永生・安息	悼基督、天主教徒

悼	歸真	悼回教徒
贈送著作	賜正・教正・誨正・斧正	對長輩
	指正・雅正・郢正・惠正	對平輩
	惠覽・惠閱	對晚輩
贈紀念品	賜存	對長輩
	惠存	對平輩
	留念・存念	對晚輩

㈥下款包括題贈人自稱、署名、表敬詞，寫法如下：

1. 自稱、署名　對於一般親友，可依書信箋文中發信人的自稱、署名方式來書寫。但通常署名必須冠姓，以示禮貌。

2. 表敬詞　在題贈人的姓名之下，通常空一格，再書寫表敬詞。常用表敬詞表列於下：

種類	用語	用法
慶賀	敬賀・謹賀・拜賀・鞠躬・同賀	通用
題贈	敬題・敬贈・題贈・持贈	通用
喪悼	敬輓・拜輓・叩輓・泣輓・題輓	通用
	合十	悼佛教徒用

肆、題辭的範例

一、婚嫁

㈠訂婚

白首成約　良緣宿締　緣訂三生　文定厥祥

㈡結婚

珠聯璧合　百年好合　天作之合　鸞鳳和鳴

永結同心　花好月圓　佳偶天成　愛河永浴

㈢嫁女

宜室宜家　妙選東床　于歸叶吉　雀屏妙選

二、誕育

㈠生子

天賜石麟　熊夢徵祥　慶叶弄璋　鳳毛濟美

㈡生女

明珠入掌　彩鳳新雛　弄瓦徵祥　輝增綵帨

㈢生孫

樂享含飴　瓜瓞延祥　孫枝茁秀　繩其祖武

○○先生
○○小姐　嘉禮

珠聯璧合

○○○　敬賀

○○兄
○○嫂　弄璋之喜

天賜石麟

○○○　敬賀

三、壽慶

㈠男壽

福壽康寧　松柏長青　齒德俱尊　天錫遐齡

㈡女壽

懿德延年　寶婺星輝　瑞靄萱堂　慈竹長青

㈢雙壽

椿萱並茂　極婺聯輝　偕老同心　弧帨增華

四、居室

㈠遷居

鳳振高岡　鶯遷喬木　里仁為美　德必有鄰

㈡新居落成

美輪美奐　昌大門楣　福蔭子孫　潭第鼎新

五、慶賀

㈠校慶

為國育才　卓育菁莪　百年樹人　敷教明倫

㈡入營

○公世伯　七秩大壽

福壽康寧

○○ ○○ 同拜賀

○○公司　大廈落成誌慶

美輪美奐

○○○ 敬賀

青年楷模　精忠報國　為國干城　壯志凌霄

(三)當　選

眾望所歸　造福梓桑　邦家楨榦　（公職人員）

為民喉舌　讜言偉論　憲政之光　（民意代表）

(四)開　張

啟迪民智　激濁揚清　暮鼓晨鐘　（報社）

萬商雲集　近悅遠來　駿業宏開　（商店）

工業建國　開物成務　富國之基　（工廠）

仁心仁術　妙手回春　華佗再世　（醫院）

斯文所賴　宣揚文化　琳琅滿目　（書店）

賓至如歸　群賢畢至　高軒蒞止　（旅館）

伸張正義　法界之光　保障人權　（律師）

仁愛為懷　民胞物與　樂善好施　（慈善事業）

(五)退　休

開模樹範　功深澤遠　銘佩同深　懋著賢勞

六、比賽優勝

文采斐然　才氣縱橫　妙筆生花　（作文比賽）

○○學長　榮膺○○鄉長

造福梓桑

○○○　敬賀

○○商店　開業誌慶

萬商雲集

○○○　敬賀

○○先生　榮退紀念

功深澤遠

○○○　敬贈

鐵畫銀鉤　龍飛鳳舞　秀麗超倫　（書法比賽）

口若懸河　音正詞圓　立論精宏　（演講比賽）

玉潤珠圓　新鶯出谷　繞梁韻永　（音樂比賽）

整潔強身　潔淨宜人　強身之本　（整潔比賽）

健身強國　允文允武　術德兼修　（運動會）

七、哀　輓

㈠老年男喪

老成凋謝　福壽全歸　南極星沉　斗山安仰

㈡中年男喪

人琴俱杳　德業長昭　哲人其萎　音容宛在

㈢少年男喪

修文赴召　壯志未酬　天不假年　英風宛在

㈣老年女喪

女宗安仰　慈竹風淒　母儀足式　駕返瑤池

㈤中年女喪

彤管流芳　壼範猶存　淑德永昭　懿範長留

㈥少年女喪

○○學年度演講比賽優勝 口若懸河 校長○○○

○公姻伯　冥鑒 福壽全歸 ○○○　叩輓

○母○太夫人　靈幃 女宗安仰 ○○○　敬輓

蘭摧蕙折　繡閣花殘　曇花萎謝　鳳去樓空

(七)輓師長

梁木其頹　立雪神傷　高山安仰　教澤永懷

(八)輓師母（女老師通用）

女宗宛在　儀型空仰　風寒紗幔　淑教流徽

(九)輓同學

心傷畏友　痛失知音　話冷雞窗　伊人宛在

(十)輓軍人

痛失干城　勳業長昭　鼓角聲淒　大星遽落

(十一)輓烈士

成仁取義　萬古流芳　浩氣長存　忠烈可風

(十二)輓政界

國失賢良　勛猷共仰　忠勤足式　甘棠遺愛

(十三)輓工商界

頓失繩墨　端木遺風　貨殖留芳　運斤遺技

八、題贈

○公吾師　靈鑒

立雪神傷

○○○　泣輓

○○先生　千古

忠勤足式

○○○　敬輓

㈠題住宅

耕讀傳家　子孝孫賢　誠毅勤樸　積善之家

㈡題園林

世外桃源　魚躍鳶飛　柳暗花明　曲徑通幽

㈢題畢業紀念冊

鵬程萬里　任重道遠　學無止境　更上層樓

㈣獻業師

吾愛吾師　春風化雨　誨人不倦　循循善誘

○公吾師　賜存
春風化雨
○○○　鞠躬

習作題

一、賀友人生日，試擬題辭一則。

二、賀友人結婚，試擬題辭一則。

自傳與履歷

壹、自傳與履歷的意義

自傳是自述生平的文章；履歷，其實也就是簡化的表格式自傳。任何一個工作機會，想在眾多競爭者之中脫穎而出，必須對自傳、履歷的寫法有所了解，才能把自己的才學、特長充分表達出來，以引起用人機構主管的注意，提高自己的錄取機率。

貳、自傳的作法與範例

一、自傳寫作前的準備工作

寫作自傳之前，最好能依下列重點，將個人有關的資料作一個比較完整的記錄：

㈠家世：包括父系、母系兩方面的家族概況，如居住地及其遷徙、行業及其變遷、傑出的人物、特殊的事跡等。

㈡家庭：包括目前家庭成員的年齡、學歷、職業、經歷，以及家庭經濟、日常生活狀況等。

㈢出生：包括時間、地點及與出生有關的特殊事項等。
㈣健康狀況：包括身高、體重、血型以及一般的健康狀況。
㈤求學：包括各求學階段的學校名稱、肄業起迄、印象深刻的師長、學業成績、參加過的活動、擔任過的職務、得過的榮譽和獎勵等。
㈥經驗與能力：包括家庭、學校、社會各方面，在生活、學習、工作中得到的經驗，以及培養出來的待人處事的能力。
㈦人際關係：包括一般人際關係，以及最難忘的人與事。
㈧自我分析：包括個性、興趣、優點、缺點、抱負等。
㈨其他：如宗教信仰、人生觀等。

以上㈠、㈡是家族資料，㈢至㈨是個人資料。各項資料的記錄，應力求完備、客觀、具體，按時間先後為順序，並從各條資料中分析出對個人成長的意義、影響。另外，包括證書、獎狀、成績單、工作證明等，也應盡量收集保存，以備需要。

資料的建立，有助於了解自我，並避免自傳寫作七拼八湊、雜亂無章。根據那些資料，可先撰寫一篇綜合敘述的自傳作為底本，而後依實際需要，或即採用此底本，或據此底本作有選擇的重點敘述。

二、自傳寫作的注意事項

㈠使用正楷書寫，保持字跡的端正，切忌潦草。保持紙面的整潔，切忌凌亂汙漬，如有修改，應擦拭乾淨，或換紙重寫。並避免使用錯別字或簡體字，遇有字形字義不能確定時，一定要查閱字詞典。

(二)敘述要有條理，通常可採取從小到大、由近及遠、自先而後的敘述。按幼年、少年、青年等順序，即為從小到大；由家庭而學校、社會，由親人而師長、朋友，即為由近及遠；從幼稚園到小學、中學，即為自先而後。每一個段落，須有敘述的重心，不可東拉西扯；各段之間，須脈絡聯貫，而不重複雜沓。

(三)文字力求流暢達意，但不必刻意修飾，尤其不必故意使用抽象概念式的抒情語句，以致讓人有浮誇不實、無病呻吟的印象。

(四)語氣要不卑不亢、莊重平實。既不可自吹自擂、妄自尊大，也不必自貶自怯、信心全無。要做到莊重而不輕佻，平實而不虛浮。

(五)正確使用標點符號。

(六)內容要具體確實，避免含混籠統，如「在學期間，品學兼優，常得師長讚賞」，不如將在學成績及所得過的各種獎勵具體寫出。

(七)重點敘述的自傳，必須特別把握「主題顯明」的原則，針對此一自傳的特定用途，凸顯個人相應的特質或經驗，作為敘述的重心。例如應徵工作，即應就此工作的性質、要求，寫出個人相應的能力、經歷。

三、求職用自傳範例

臺南縣白河鎮——一個風光明媚、民風純樸的地方，那就是我的故鄉。民國八十年十二月二日，我在那裡出生，父母歡欣之餘，替我取名為陳欣怡。

我從小就對數學很感興趣，父親常以簡單的加減算術考我，我都能正確應答。後來在各級學校求學時，我的數學成績總是在其他科目之上。尤其是固有的國粹——珠算，我更是深愛不移。小學四年級開始，接受珠算老師的指導，一有空閒，就勤練不已。六年級的時候，曾經代表學校參加全縣珠算比賽，榮獲小學生組第二名。因為這個緣故，在家裡也幫忙父母親看顧店面，計算帳目，當時就已立下將來從商的志向。

我是長女，還有一個弟弟、一個妹妹。家裡開了一間小雜貨店，主要的顧客，都是左鄰右舍，生意並不很好；父親為了維持家計，到處打工，勞累萬分。父母親早年失學，經歷了人世的風霜，更能體會要立足於社會，必須有足夠的學識，所以極力鼓勵我們讀書。在父母的期盼和支持下，我於高職畢業後，又參加技職院校聯招，考上〇〇科技大學會計系。接受有系統的商學專業訓練，是我衷心的期望，因此在校期間，我孜孜不倦地充實自己，把握所有的學習機會。由於師長、父母的教誨與鼓勵，曾經膺選為模範生，屢獲獎學金，還取得了珠算二段的資格檢定及格證書。課餘並蒙師長推薦在學校實習商店擔任會計工作，不但使自己所學的珠算、簿記得以致用，也增加了不少實務經驗。

今日工商業繁榮發達，健全的會計制度是不可忽視的一環。但在一般人的心目中，會計卻是一項吃力不討好的工作，必須負責整個公司機構的一切進出帳目，稍有疏忽，損失必重。我自小就喜歡把繁雜的數字、資料加以整理，使它井然有序，或許這也訓練出我在面對複雜的問題時，不致張皇失措，而能冷靜細心地設法解決。如今即將畢業，但願能夠找到一家合適的公司行號，讓我一展所學所能，並且在工作中更激勵自己的進步。

四、就學用自傳範例

我是一個軍人子弟。家父早年投考軍校，獻身軍旅二十年。退役後，膺選擔任○○里里長，服務鄉梓，報效國家；母親料理家務，並兼家庭代工副業；兄長三人，均繼承父志，或擔任軍職，或就讀軍校，幼妹尚就讀高中。在父親「紀律化」的領導下，全家長幼有序，兄友弟恭，充滿和諧的氣氛、蓬勃的活力。

民國九十年高職畢業，本想投考軍校，追隨父兄之志，卻因體位不合，未能如願，當時心中頗為懊惱，而父親認為「從軍固然是報國最直接的途徑，卻不是唯一的途徑，尤其在科技文明一日千里的今天，戰爭的勝負與國家的科技水準關係密切，有心報國，則報考技職院校，習得一技之長，既可在社會上立足，容易找到工作，又可以為國家科技發展盡一分心力，這和執干戈以衛社稷並無不同」。父親的開導和鼓勵，使我信心恢復，目標確立，終於是年考上○○科技大學機械系。

民國九十四年科技大學畢業，因不必服役，遂通過考試，進入○○公司鳳山機械工廠服務，從車牀技工升到技術員。三年的工作，印證了書本理論，增進了實際經驗，對於車牀、鑽牀的組合、操作、維護、修理，自認有深刻的認識、純熟的技術。其間也曾奉派參加各種訓練班或講習班，獲得進修的機會，但總感到在理論與實作的領域，已到達某一種瓶頸狀態，亟待突破。經過一番思慮，並在家人一致支持下，我辭去工廠工作，積極準備參加研究所考試，而以機械系碩士班為第一志願。

以一個離校三年的畢業生，想在高手如林的升學競爭中脫穎而出，其艱難不言可知。但是「皇天不負苦心人」，總算讓我只經驗一次失敗，就擠進這道窄門，考上本校機械系碩士班。回想這兩年來「三更燈火五更雞」的苦讀，使我更珍惜這份得之不易的成果，感謝家人在精神和物質兩方面的支持，尤其是白髮皤皤的雙親，為了幫助愛子完成心願，那無微不至的照顧關懷，更令我感到親恩似海。

如今，我再度昂然走在大學道上，我有信心、也有決心要在本行學術上作最大努力，追求更高深的成就，並更虔誠期待師長的指導、鞭策。

參、履歷的寫法與範例

履歷卡（表）用以填寫個人的基本資料及經歷，市面上現成印好格式的履歷卡（表）上，通常有姓名、性別、年齡、籍貫、通訊處、電話、學歷、曾任職務等項，填寫時應注意下列事項：

㈠使用正楷，字跡端正，不可潦草，切忌塗改，如有錯誤，應換卡（表）重寫。

㈡一切資料，以正式文件所登錄者為準，如姓名、籍貫等，依國民身分證。

㈢年齡計算以填表時的年分，減去出生年分即可。

㈣通訊處務必詳明正確，並留下電話及手機號碼。

㈤學歷從高到低順序書寫，如果格子太小，只寫最高學歷亦可。

㈥曾任職務如果不多，按自先而後的原則條列書寫；如果很多，可擇要列舉。

㈦所貼相片，最好事先將姓名、電話寫在背面。

一、履歷卡範例

姓名	王大展
年齡	二十四
電話	（〇二）二三三一｜八四八四 手機：〇九二二二〇九四九二
性別	男
籍貫	高雄市
通訊處	臺北市平安路二段五十六號二樓
學歷	〇〇科技大學電子系畢業
曾任職務	〇〇電子公司技術員三年
貼相片	

姓　名 Name	張　淑　君	性　別 Sex	女	血　型 Bloodtype	AB
出生日期 Birth Date	69.7.16	體　重 Weight	45 公斤	身　高 Height	160 公分
籍　貫 Native Place	臺東市	已　婚 Married		未　婚 Single	√
現在地址 Present Address	臺北市和平東路二段 46 巷 6 弄 178 號四樓				
永久地址 Permanent Address	臺東市中山路 237 號				
電　話 Phone Number	(02)2500–6600				
學　歷 Academic Degree	○○科技大學會計系畢業 ○○高商會計科畢業				
志　趣 Pleasure	會計實務	專　長 Speciality	珠算二段、簿記	健康情形 Health Condition	尚佳
經　歷 Experience	臺東市天一百貨公司會計二年				
簡要自傳 Synoptical Autobiography	我是一個商人子弟，家父經營五金生意，在東臺灣頗負聲望。家庭淵源使我對商科發生濃厚興趣，雖然限於能力，不能獨當一面，但是我願意從幕僚性質的工作中努力學習，相信總有一天，能在商界立足。	相　片 Photograph			

習作題

一、試依任何一種履歷表格式，填寫個人基本資料及經歷。

二、試撰寫自傳一篇。

現代文學饗宴

冬之妍
廖玉蕙／編著

秋之聲
陳義芝／編著

夏之豔
周芬伶／編著

春之華
林黛嫚／編著

散文新四書，讓您遍覽人生四季

一部結合季節嬗遞與人生境遇的散文選本

48篇作品　48位作者

涵括當代重要散文作家

讓你對當代散文有全面而精準的認識

特色

1. 人生的週期和自然界一樣，自然界的變化就是人生的道理；自古以來，季節和人生成為文學書寫的重要題材。
2. 選本中所收錄的作品除文本外，皆由主編撰寫「作者簡介」和「作品導讀」，對於閱讀和寫作都有助益。
3. 作者簡介部分，除呈現作家生平概略與整體創作風貌外，同時加入主編對作家的認識，提供讀者另一個親近作家的角度。
4. 作品導讀部分，除深入淺出賞析文本，並從作者的寫作方法切入，讓讀者可由此文本學習散文創作。
5. 每冊總頁數約140-150，份量不重，卻不輕薄，一學期或一學年教學輔助正好。
6. 主編皆為大學現代文學課程教師以及大考中心國文閱卷委員，對於提升作文能力有準確方法。

現代文學饗宴

台灣現代文選散文卷

蕭　蕭／編著

本書選錄的作家世代涵蓋琦君、阿盛、鍾怡雯等老中青三代；所書寫的主題，或記錄個人與家國歷史，或陳述人生哲理，或抒發個人情感，呈現出散文的多樣面貌。本書帶領讀者從生活現實的寫真到生命境界的提昇。因此，這不僅僅是一本現代文學的教材，更是一本引領一般讀者欣賞現代散文的最佳讀物。

台灣現代文選小說卷

林黛嫚／編著

人物、對話和情境交織出小說迷人的特色。本篇收錄賴和、王禎和、黃凡、駱以軍等老、中、青三代共十六位名家之代表作品，以時間為線索，依作者生年排列，呈現百年來臺灣小說演變之樣貌。內容分為文本、作者簡介、賞析及延伸閱讀。書前導讀略敘現代小說發展的背景，並深入淺出地分析小說之創作原理。定能為讀者開啟全新的文學視野。

現代文學饗宴

・新詩遊樂園

陳美芳／主編　王淑蘭等／編著

進入新詩遊樂園
一起尋找新詩的旋律與變奏

本書為結合中國文學與資優教育專業之創作，內容兼顧新詩的「規律」與「變異」；而為求廣面展現新詩創作的風貌，全書引用數十位詩人近百首詩作，除盡可能完整引用新詩外，並附有詩人簡介，讓讀者認識其詩其人。本書各章，均隨文本內容，設計多類型的思考與寫作活動，並力求完整闡述新詩的讀賞與創作策略，期待讀者結合閱讀與寫作，參與多層次的創作。

三民網路書店 會員
獨享好康
大放送
通關密碼：A3424

憑通關密碼
登入就送100元e-coupon。
(使用方式請參閱三民網路書店之公告)

生日快樂
生日當月送購書禮金200元。
(使用方式請參閱三民網路書店之公告)

好康多多
購書享3%~6%紅利積點。
消費滿350元超商取書免運費。
電子報通知優惠及新書訊息。

三民網路書店
www.sanmin.com.tw
超過百萬種繁、簡體書、原文書5折起